御広敷役 修理之亮

将軍の片腕

早瀬詠一郎

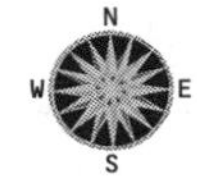

コスミック・時代文庫

この作品はコスミック文庫のために書下ろされました。

目次

一之章　御側御用取次(おそばごようとりつぎ)

一

　つい先日までの大雪が、今はすっかり晴れ渡っていた。

　が、江戸城中にある者みな、重苦しい思いの中で登城したのは無理もなかろう。

　老中の上に立つ大老が、首級を挙げられたのである。これを天下の一大事とし
ない者は、一人もいなかった。

「いったい、警固はどうなっておったのだ」

「討った側は浪士、それも水戸さまに関わりのある者とか」

「ご老公の斉昭(なりあき)さまは、知っておったのであろうか」

「左様な詮索を致すより、ご政道の舵取りはどなたがなさることに……」

　十四代将軍を継いだ家茂(いえもち)は齢(よわい)十五でしかなく、世子(せいし)として西ノ丸にいたのも半

年に満たなかった。

そればかりか後ろ楯となる人物が、暗殺された井伊掃部頭直弼ひとりであったのは、手足をもがれたも同然と言われて今に至る。

老中筆頭に安藤対馬守信正がいるが、これも正月に補任されたばかりだった。

「大黒柱のない屋敷では、なんとも頼りないものではないか」

「止せ。性悪な茶坊主が、聞き耳を立てておるぞ」

「ふんっ。互いを監視しあうようなところに、正義は育たぬ……」

御広敷役の阿部修理之亮は、こうした城中での囁きを毎日のように聞かされていた。

なんであれ、暦を戻すことはできない。そればかりか、大老惨殺を回避することに失敗した修理之亮なのだ。

――暗殺なんぞではない。惨殺という群盗の悪業……。

痛恨の思いのまま、毎日をすごし、妻女しまでさえ、ことばを掛けられないようである。

そうした中で、彦根藩は減封されるとの声が聞こえてきた。

「馬鹿を申せ。掃部頭さまが、なにを致したというのだ。むしろ討った側、水戸の脱藩士の主(あるじ)にこそ――」

「修理さま。それを申してはなりません。おそらくの名目は、抗(あらが)うことなく黙って討たれたのは武士にあるまじき姿とされるでありましょう」

「おかしいではないか。水戸の老公こそ……」

私(わたくし)用人の北村祥之進(しょうのしん)に言われたときのことだが、修理之亮は一方的な制裁に納得できなかった。

確かに井伊直弼は、徹底して敵対派を潰しに掛かった。有無を言わせぬ強引さは、修理之亮でさえ眉をひそめたときもある。

しかし、朝廷の勅許(ちょっきょ)を待っていては、清国が鴉片(あへん)で侵略された二ノ舞を見たかもしれないし、六十余州が二分されてしまえば異国の思う壺となってしまったのだ。

「この正月にアメリカへ向かった遣米使節を考えれば、掃部頭さまほど異国を深く知ろうとした人物はおらぬのだぞ」

祥之進に言い募ったものの、うなずかれただけで部屋に一人取り残されてしまった。

ぽつねんと広敷に坐す修理之亮は、自分にも大いなる責任があったと、御広敷役ご免を上申せんと文机（ふづくえ）を前にした。

御役ご免願としたため、毒見役（どくみやく）であったときからの略歴から筆をとった。

二百二十石の旗本にもかかわらず、上様へ直言をしていた不届き者。それがどうまちがってか正直者の烙印（らくいん）を捺（お）され、老中首座の阿部伊勢守（いせのかみ）さまが登用。加増の上に姓まで賜（たまわ）ったのが、今に至っていること。

もとより江戸っ子侍を気取る幕臣であれば、奥向（おくむき）御用など猫に小判。数々の失態をしたれども、大奥御年寄瀧山（たきやま）さまに助けられ、自分には過ぎた妻女まで下げ渡された。

ところが阿部伊勢守さまばかりか、家定公（いえさだ）まで今は亡く、大老の掃部頭さまに至っては非業（ひごう）の最期を遂げてしまった。

役立たずでした。ついては御役ご免をねがいたく、ここに上申致しますとの意を込めて書き終えた。

書き綴ったものを巻き、修理之亮は旗本の筆頭職である大目付（おおめつけ）に手渡すべく、立ち上がった。

江戸城中奥（なかおく）の端にある広敷から、表向（おもて）と呼ぶ政（まつり）ごとを司（つかさど）る領域に入ったはいいが、慣れない城中での迷子はいつものこと。

「大目付さまのお部屋は」

「ここを真っ直ぐに、虎ノ間を右に折れると大廊下。勘定所中之間（なかのま）の前を参りましたあたりとなります」

番士に虎ノ間と言われたことで、襖（ふすま）に虎が描かれているはずとウロウロしたが、見あたらない。

そこへ茶坊主が通ったので訊（たず）ねると、虎ノ間は竹林の襖絵のある部屋ですが、大目付筑後守（ちくごのかみ）さまは本日非番でおられませんと答えられた。

「………」

思惑どおりに事が運ぶなど、いつもあるわけではなかったのを思い出した。

留守役に手渡すのもと修理之亮は踵（きびす）を返すしかなく、戻ろうとしたのだがどこを通ってきたのか帰路も分からなくなった。

廊下の曲り角ごとに、番士がすわっている。襖の模様は憶えてなくても、番士の顔ぐらいはと見たものの、ちょうど交替の時刻なのか一斉に入れ替わっていた。

困ったときは、厠（かわや）へ入る。

修理之亮の三十六計の一つだ。誰も咎（とが）めない上、長居しても怪しまれることがないところが厠だった。

そしてなにより、それとない臭いで厠の場所はすぐに知れるのだ。

畳敷のそこは、袴を脱げるようになっている。位の高い者がいるときは、供侍もそこにいた。

幸いに、脱衣場にも人はいなかった。

気持ちが昂ぶっていたので、着替え直そうと羽織を脱ぎ、袴を外す。帯を解くと、書きしたためた紙が落ちた。

「厠の床に……」

運が付いたとも、幸先がわるいとも思わなかった。

が、落とした物が臭いと思えてきた。

忠義者で公明正大なる幕臣ですと、みずから言い立てるのは野暮にすぎないか。

「三十歳にもならず隠居して、なにができよう」

つぶやいた。落ちた紙を拾うと、懐の奥へ捻じ込んだ。

そそくさと着直し、厠を出た。どうせ恥の塊、怖いものはないと茶坊主の襟首を引っつかみ、広敷へ案内せいと命じた。

大目付への上申書を火鉢にくべていると、珍しく表使の奥女中があらわれた。

桜田御門の大事件以来、大奥との交渉ごとがなかったのは表向を気にしてのことだろう。

体面を気にする瀧山たちであれば、声を掛けても来ない日がつづいていた。

「阿部さま。御年寄瀧山さまが相談ごとをと申され、まもなく参ります」

「承知致した」

広敷での応対は、中之間と決まっている。

「この一大事に、またぞろ出銭の追加か」

なにを隠そう、修理之亮は瀧山の奴婢との約束が交されているのだった。

奥女中しまを永の宿下りのかたちで修理之亮に娶らせるゆえ、わらわの言いなりになれとの取り決めである。

いまだ無理無体な要求をされたことはないし、常識を逸脱する瀧山でもないが、お使番の女の口を通して相談ごとをと言ってきたのが気になった。

中之間に出向くと、瀧山は供を連れずやってきた。

「聞き及んでぞ、修理。掃部さまを守らんと、唯一幕臣が奮闘せしこと」

「まったく役立てませんでした。お恥ずかしき限り」

「相変わらず、自らを責める。昔の侍を見るような」

「お褒めのことば、恐れ入ります。して、本日はいかなる話でございましょう」

「御広敷役としてではなく、修理之亮という町なかにある侍に助けてほしいことが生じた」

「助けるとは、大袈裟な話かと」

「いや、助けてもらわぬことには、この江戸城の柳営となる大奥の体面が危ぶまれかねぬ……」

瀧山は膝を乗り出し、声をひそめてきた。

「桜田御門の大事にもあったように、乱暴狼藉がまかり通りだしておる。今や盗っ人までが押し込みをし、人殺しまでしはじめたそうな」

「わたくしも耳にしております。浪人者が攘夷と称して徒党を組み、銭をたかるとか。断わると、刃物をふりまわすそうです。それゆえ、商家はどこも早くに大戸を閉めておると聞きました」

「その盗っ人一味が、わらわの名を騙って押し入った」

「──。瀧山さまの名を、いかように使いましてか」

「夜更けて呉服屋の大戸を叩く者があり、誰何すると江戸城大奥瀧山さまの火急な御用でございますと、女の声で」

「出入りの呉服商なれば、開けるでありましょう」

「さよう。大戸を開けたとたん、抜き身の覆面男どもが押し入り、銭箱を抱えて去ったそうです」

町奉行が内々に心あたりはないかと、瀧山のもとへ伝えてきたのだという。

本来なら、御広敷役の修理之亮を通して言うものだが、話を広げまいと町奉行は密かに訊ねてきたのだった。

「もちろん関わりはないと、返答をした。しかし、この瀧山の名を用いたということは、大奥御用商と縁がある者の仕業ではないかと思うのです」

「出入り商人だけでなく、宿下りをした元奥女中であるかもしれません」

「そのとおり。あり得ます」

修理之亮の宿下り女中のひと言に、瀧山は自分もそう考えているとうなずいた。

江戸城大奥に一日でも勤めた奥女中は、出てゆくにあたり、親族や請人ともども見聞きした一切を口にしないとの爪判を捺すことになっていた。破れば、一族は遠島となる。

「今まで、約束が破られたことはない。しかし、天下びとが御城の門前で惨殺される世の中では、決まりごとなどあってないようなものになったのではありませぬか」

大奥御用商であれば、瀧山の名を聞いただけでなんでもするだろう。また、昔から大奥からの注文が細かく煩わしいのは、衆知のことだった。

「袖丈が半寸足りませぬ。明日までに縫い直せとのことじゃ」

これだけでも言い返せる商人はいない。損になると分かっても、大奥出入りの看板はなににも増して価値をもっていたからだった。

一方、町木戸が閉まった夜半であっても、大奥から駕籠に乗ってくる不届きな奥女中はいた。

それを逆手に取った盗っ人の一団が、女ともども押し入ったのだろう。

「町奉行は、なんと仰せで」

「ほとほと困った様子は、押し入られた呉服屋がなかったことにしてほしいと、言って参ったことだそうな。大奥に知られては、信のおけぬ店とされるのを恐れてのことと」

「内聞にしたいのは分かりますが、味をしめた盗っ人は同じことをくり返すでありましょう。しかし、雲をつかむような話では、探りようもございません」

「それゆえ修理なのだ。押し入られた呉服商の小僧は、大奥の女にまちがいないと申しておるそうな。髪かたちから着物、立居ふるまいまで。そなたは奥女中にも、市井の女にも詳しい」

「猿若町の役者とは、考えられませんか」

「芝居好きな小僧だそうで、芝居の女形ではなかったと、ふだん番頭の供をして広敷へ来ているので奥女中の仕種と役者のそれは分かると……」

言いながら、瀧山は幾枚にもなる書き物を修理之亮の前に置いた。

「これは」

「先年、十三代さま薨去に際し、宿下りとなった女たちの名と行く先を記した写しである。押し込まれた呉服商は神田の楠岡屋、小僧の名は音松です」

瀧山は返事も聞かず、裾を翻していなくなってしまった。

「………」

なんとも厄介な頼まれごとだが、ぼんやりしていた身にふしぎな張りが生まれた気がして、浅草の新門辰五郎のところへ出向くことにした。大勢いる火消による人海戦術が、使えるはずと。

二

浅草伝法院前の新門一家は、ときならぬ祝い事に湧いていた。

「あ、修理の旦那」

火消の若い衆に目敏く見つけられ、中へ引きずり込まれた。

「吉原の廓見世じゃあるまいに、客を揚げるようなことをするでない」

「いえね。例の吉三郎の奴が、井伊さまの奥女中と――」

「祝言を挙げるのか」

「ではなく、駈落ちをするんです」

「おこうとやらは、屋敷を出られたのか」

「騒ぎのあと、井伊家の納戸役さまがここへ連れて来てくれまして」

「浜野と名乗った初老であろう。主君が酷い目に遭った後まで、外の者にも気を掛けてくれたのだ」

今更ながら井伊家という器がしっかりしていることに、修理之亮は感じ入った。

そこに辰五郎が顔を出した。

「噂をすればなんとやらだ。若ぇふたりを、説き伏せてくださいまし」

「逃げずに所帯をもてと、おれに言わせるつもりか。まぁ家に待つ者がいるというのは、いいものではあるが」

「そうじゃねえんでね。かたちはまだ、井伊さまの女中です。追ってはこないでしょうが、飛び出したことにはなる。ほとぼりが冷めるか分かりませんが、江戸を離れて暮らすといいと言ったんです」

「嫌だと、吉三郎が申しておると」

「ふたりとも殿様があんな目に遭ったのは、自分たちの所為だと落ち込んじまって……」

おれと変わらないと、修理之亮は苦笑いをしてしまった。

「で、ふたりは」

「奥の座敷で、屏風を背に沈み込んでまさぁ。駈落ちどころか、心中しそうな雰囲気でね」

修理之亮が中へ入ってゆくと、小頭の國安が噛んで含めるように説得していた。

「あっ、修理の旦那」

吉三郎が這いつくばった。おこうは座布団を外して畏まる。井伊家の躾が行き届いているのも知れた。

「いかがしてか、吉三郎。めでたしではないか」

「とんでもねえこって。おれがあんな真似しなけりゃ、殿様はあんな目に……」

「それを申すなら、あの朝おまえを追わなければ、おれも行列の供侍（ともざむらい）も、襲った者どもを返り討てたろうぜ」

雪の降りしきる中、訴状（そじょう）を手に吉三郎は行列の殿（しんがり）に縋（すが）った。修理之亮が叫びながら追い掛けたことで、行列は乱れた。放っておけば、訴状は出せなかったのだ。

「けども、もとはと言えば――」

「あたしが、いけないんです。吉っつぁんを好きにならなかったら……」

女は泣き崩れた。

「しょうがねえなぁ。そこまで言うなら、襲った連中の無分別も、掃部頭さまの独断まで責めなきゃならねえ。かく申す居あわせたおれは、大老を守れなかったと切腹だ」

「…………」

「おまえ方が心中するしかないと申すなれば、おれはここで詰腹（つめばら）を切る」

脇差を抜いた修理之亮に、若い二人は抱きついてくると脇差を奪い取った。

「さぁ、仮祝言だ。おぅみんな、寿いでやれっ」

國安が声を上げると、火消たちが一斉になだれ込んできた。

駈落ちる先は、上州高崎城下。そこの火消組が吉三郎を迎えるよう、辰五郎が手配しているという。

武士も町人も親たちが決めるのが夫婦だが、火消は好き合う者同士が一緒になることが多かった。

なにを隠そう、修理之亮もそれだ。

明るい内からの仮祝言は賑かに終始し、旅姿の二人は上州へ向かって行った。

「辰五郎の頭。ちょいと助けてほしいのだが……」

修理之亮は瀧山に託された紙の束をちらつかせ、顔の広いところで探せないものかと、おねだりの眼をした。

「女を見つけ出せと、仰せですか」

「頼まれてくれまいか、辰五郎どの」

「できないとなると、切腹」

「左様だ」

「じゃ、白の幔幕を張りめぐりやしょう。おう、尻に敷く三方を持って来い。旦那が、腹を召される」

大笑いとなり、助けてくれそうなことが分かった。

人任(ひとまか)せにできるようになったのは、進歩だ。昨日までの修理之亮であったら心苦しく感じ、その後どうだと浅草へ毎日のように顔を出したろう。

信じるとは、自分に幅が広がること。その好い例が、武家の妻女だった。

背後から斬られるのをなにより嫌う侍が、丸裸で女と睦(むつ)むこと自体、隙(すき)だらけとなる。寝込みを襲われるのではなく、女そのものの手によって寝首を搔かれることもあり得るのだ。

しまが妻女になったからといって、裏切らないとは限らない。源平の頃には、仇(あだ)を討つため敵の男に嫁いだ女がいた。

侍の本来は過酷なものだが、それに徹してしまえば子をつくれなくなる。

ゆえに所帯をもつことに慎重でなくてはならないし、男同士もまた身を預けるほどの信は、なにをおいても肝要とされた。

「などと理屈をこねたところで、出会いそのものに疑いを挟みはじめては切りがない」

修理之亮の到達点は、ここだった。

――一夜をともにする相手は、女郎であっても信じるしかない。寝首を掻かれるのは、運がないのだと思うほかなかろう。

なんということはなかった。いい加減なのが、江戸っ子なのである。

いい加減を好い加減とし、適当、杜撰、お座なり、ぞんざいを認めながら、大奥よりもたらされた宿下りした奥女中たちの名簿を投げやりにした。

暇をもてあます。御広敷役は窮屈なものだと羽織袴を脱ぎ、帯を緩めて横になった。

「城中で昼寝も、わるくないの」

毒見役だった頃とちがい、人の目を気にせずに済んだ。出入りの御用商はここに入って来れず、奥向の出納帳は日暮れになってから確かめればよい。

今まで、緊張の中に過ごしてきたことが馬鹿らしくなってきた。

「遊びをせんとや、生まれけむか……」

平氏の時分に編まれた『梁塵秘抄』の一節が頭をよぎった。

六十余州をまとめんと縦横無尽に働いた天下びとが失せ、幕府は後始末と次善策に苦慮しているというのに、江戸城大奥の窓口となる筆頭職は、呵々大笑して寝転がった。

「修理さまへお名指しの用向きとの、お呼出しでございます」

「祥之進。瀧山さまの下命で、大事な御用を仰せつかっておるゆえ後にせよと伝えろ」

「それが御座所のお小姓どのでして、上様直々のご通達があると――」

「えっ」

飛び起きた。緩めた帯が落ち、だらしない恰好のまま襖を開けた。

「お着替え中でしたか」

「ん。その、なんだ、上様の御座所と申したか」

「急ぎませんと」

「肩衣がなければ」

「いいえ。羽織袴でよろしいかと」

「手伝えっ」

急転直下は、修理之亮の頭から遊びの文字を消してしまった。

そこへ将軍御座所の小姓があらわれ、御前にお連れ致しますと丁寧に両手をついてきた。

白皙の十六、七の将軍付の若武者が、下にも置かないとの仕種で、修理之亮を見上げている。尋常な様子ではない。すなわち、平素とは異なることが始まろうとするのだ。

並の旗本への対応にしては、大仰だった。

――となると、死に赴く者への扱い……。

修理之亮の命運はここに尽きる。今日までの好運は夢で、身に余る禄を食む無用な幕臣は処断されるにちがいなかった。

――大奥との折衝役であり、先代家定公に触れたことまである旗本ゆえ、上様が直々に切腹を言い渡す……。

能役者のする擦り足で前をゆく小姓に従いながら、残される者たちの行く末を想った。

私用人の北村祥之進は同じ穴の貉とされ、無役の小普請組に編入。これは仕方ないだろう。

番町の自邸には板が打ちつけられ、両親は奉公人たちと一緒に江戸所払いか。蓄えがあっても、直に底をつくはずだ。

そして妻女しまは、と考えた。

子もなく美しすぎることは、引く手あまたとなるにちがいない。

「後添(のちぞ)えに、是非」

妻に先立たれた男は、武士町人を問わず言い寄ってくる。

大名や大身(たいしん)の旗本ならば側室にと声を掛け、大店(おおだな)の主人は銭(かね)に糸目をつけず妾(めかけ)に囲いたくなろう。

――それらを排し、尼寺に入ってくれたなら……。

前もって言い置くべきだったと、今となっては後の祭りを悔んだ。

俠客(きょうかく)で火消の新門辰五郎と天下の隠れ豪商加太屋(かぶとや)誠兵衛(せいべえ)だけは、巧みに立ち廻って連座を逃れるにちがいなかった。

心苦しく思えるのは、大奥筆頭老女の瀧山である。追放されても、得度(とくど)出家して尼にはなれないのではないか。大奥を知りすぎた者として、秘かに始末されるだろう。

愚かにすぎた毒見役あがりの旗本だったと、柾目(まさめ)の通った天井を見上げると、御座所の前に着いていた。

「こちらにて、しばし」

小姓は言い置くといなくなり、修理之亮は控之間(ひかえのま)に取り残された。

なにひとつない部屋には香爐（こうろ）さえなく、気づかぬままに修理之亮の脇差は取られていた。将軍への刃傷（にんじょう）があってはの、配慮だ。

切腹の作法は、毒見役となったときに習っている。

「三方を尻に敷き、白装束（しろしょうぞく）を押し拡げ、懐紙を巻いた脇差を左脇腹に突き立て引き切るのだが、ほとんどの者はふるえて引けないようだ。死を怖れてしまう」

教えてくれた旗本でも、作法どおりできるとは思えないほど苦しいにちがいない。が、多くは介錯人（かいしゃくにん）のひと太刀によって死ねるのであれば、臆したところで変わりはないようでもある。

――腹を切る前、しまに誓わせよう。おれ以外の男には触れませんと。

この場に及んでも呑気な男は、無音で入ってきた将軍家茂に気づけなかった。

「……………」

控之間ではなく、御座所そのものだったのだ。それも一段高い上段ではなく、修理之亮と同じ高さに家茂がいた。

「阿部、修理か」

「は、はぁっ」

平伏(へいふく)したつもりが、額(ひたい)を畳に打ちつけてしまった。

金糸を縫いつけた将軍の袴の端を、修理之亮の目が捉えた。頭の上に、若やいだ声が降りそそがれてきた。

「先代公より聞かされておる。修理と申す者、よく気のつく男と」

「すぎたるおことば、痛み入りましてございます」

「面(おもて)を上げ、よう見せい」

修理之亮が顔を上げると、祥之進よりずっと年若な家茂の、少し下膨(しもぶく)れで面長(おもなが)な相貌(そうぼう)が見て取れた。

「そちと共にあっては、余(よ)の男ぶりが下がりそうだ」

「………」

笑っている顔が、あどけなく美しい。

男ぶりなどと戯言(ざれごと)を口にできる将軍に、修理之亮は返すことばが見つけられないどころか、泣きそうになった。

「申し渡すゆえ、受けよ。そちを御用取次とし、千石の加増を申しつける」

「――。御広敷での御役(おやく)は」

「兼帯(けんたい)と致す」

「………」

呆気(あっけ)に取られた修理之亮を見ることなく、家茂は出てしまっていた。

横の襖が開き、先刻の小姓が改まったかたちで平伏をした。

「本日より御側御用取次となられましたことをお喜び申し上げますとともに、従前に増してご精勤なされますこと上様に成り代わり申し上げます」

いきなりのことで、なにがなんだか分からなくなった。

「今一度、復唱するが、上様の側役(そばやく)ということか」

「はい。まずは御広敷役のまま、奥向を見守りつつ、上様への言上役(ごんじょうやく)を兼ねていただきます」

「城に宿直(とのい)し、ご老中方との橋渡しをせよと」

「ときに宿直もございましょうが、今のままでよいとのこと。御用取次は、すでに二名いらっしゃいます。阿部さまには、市中のあれこれをとのご所望でした。なにとぞ、よしなにねがいます。では」

修理之亮は一人、つくねんとすわっていた。

家茂公を推した井伊掃部頭を、助けられなかった男に、側役が舞い込んだのだ。

——気味のわるいほどの、出世……。

幕府評定所でまとめられた案件を将軍に上申し、裁可を受ける伝達役が御側御用取次だった。

が、右から左へ手渡すのではなく、目を通して選別をすることが含まれている。格は大名同等とされ、老中でも意見が差し挟めないと言われていた。

もちろん、側用人とは異なる。それは将軍を補佐し、政ごとそのものを動かすほうで、かつての柳沢吉保や田沼意次がなったほうである。

「あっ」

思い出して、思わず声を上げた。御用取次の最大の職掌は、隠密御用を司る御庭番を配下に置くというのがあった。

先任の二名は掌握しているだろうが、修理之亮の場合は御庭番から上がってくるものと、新門一家がもたらす話を付き合わせることで見えてくるものもある。

それにしてもと、修理之亮は人材登用という取り立てが、いったいどうなっているのかと分からなくなってきた。

損得を考えた縁故にならない自分がなぜと、気味がわるくなった。

御座之間を出たとたん、廊下の角ごとに坐す番士たちの修理之亮への会釈が深くなっているのも、気味わるく思えた。

三

側役となって四日、将軍へ上申したのはいまだ一件で、武州の譜代大名の世子拝謁の日取りが決まったことだけである。

その代わりというものではないが、番町の自邸は酒盛りとなっていた。

「千二百石が、二千二百石。もう当家は大身の旗本であろう」

父の三右衛門が酔った。

「いけませんよ、父上。空騒ぎは」

「なにを申す。これ以上めでたいことは、あるまい。ご先祖も、さぞお喜びのことであろう。修理、菩提寺へ参らねばな。いや、お布施を弾まんと……」

俗物を見せる父親に、石高や位が上がれば責任も大きくなるのですとは言えなかった。

新門一家の國安が、先日の話ですがと広敷口にやって来たのは昼下がり。御用商の手札もないのに、どうして入れたのかとおどろいた。

「うちの辰五郎にできねえのは、この先の奥向に入ることくらいです。女湯に入るのも、将軍さまのご尊顔を拝すこともできまさぁ。今日は御用商人の看板を拝借いたしての参上となりました」

「盗んだのか」

「止してくだせぇ、人聞きの悪い。銭の融通をつけてやった小間物問屋の番頭と、一緒に」

國安の背ごしに薄笑いをする男が見えて、会釈してやると、深々と頭を下げてきた。

「聞いておどろきましたぜ。御側用人さまに、ご出世だと」

「ちがう。御側御用の取次役だ」

「で、早速ですが……」

耳元で囁く國安は、ふたりの元奥女中の名を挙げた。

「芝神明の橘屋てぇ太物問屋の後妻に入った清乃、この女が行方知れず。今ひとりは飯田町の御家人で津山仲次郎の妹お邦が、湯治へ行ったきり帰ってません」

「二百人ちかくもあったはずだが、もう洗い終えたのか」

「御城の奥女中だったというだけで、どこの近所でも評判ですからね。神田の楠岡屋が襲われた晩にどこにいたかの確認くらい、すぐに知れました」

「押し入られた呉服屋の小僧には会えたか」

「こまっしゃくれたガキですけど、役に立ちました。清乃とお邦どっちも、あの晩チラリと見た女に姿かたちが似てたそうです」

「行方知れずの女であるのに、なぜ似ていると分かった」

「聞き込みで、どんな美人で役者だと誰に近いかと」

「誰だ」

「中村座の女形(おんながた)で、尾上小菊(おのえこぎく)。修理の旦那もどうですかね、芝居見物。明日の枡(ます)席(せき)、取ってます」

「早(はえ)ぇな。小菊とやらの出番は」

「昼すぎの、四幕目」

「承知致し候(そうろう)」

お庭番ではここまで迅速に行くまいと、國安を送り出した。

下城する暮六ツ前、先任の御用取次二名が広敷の修理之亮を訪ねてきた。

「これは坪内(つぼうち)さまと、久貝(くがい)さま。お二方(ふたかた)揃ってなにか」

無難でしかない清廉を、そのまま紋付に包んだような初老旗本ふたりを、修理之亮はまだ区別がつかないでいた。

職人は手に仕事があらわれるというなら、将軍の御用取次の顔とはこれなのだろう。

髪は細く薄い、鼻も口も耳にもこれといえる特徴を見出せず、顎が丸く小さかった。

どんな者も取次役をつづければ、こうなるのではないかと怖いものと見た。

「阿部どのに、うかがいたき儀ができ申した」

「さて、いかような」

「飯田町の御家人、津山仲次郎をご存じか」

「先代家定公ご薨去に際し、大奥を下がりし女中の兄と聞き及びます」

「いかにも。さすが御広敷役、恐れ入り申す」

國安が伝えてくれた女の兄の名が出て、思わず修理之亮は言い淀みそうになったが、ここで馬脚を出すわけにはと、なに気なさを装った。

「その御家人が、なにか」

「背に彫物をした者が、津山家の周囲をうろつき、なにやら聞き込みの真似ごとをしておったと憤(いきどお)っておりましてな」

「わたくしと彫物の者と、関わりがあると」

「浅草の新門とやらと阿部どのは、ちょっとした仲と聞いておる。飯田町をうろついていた男は、新門一家の火消でござった。なにをもってと問うつもりはござらぬが、御家人を監察するは若年寄の役目。出すぎた真似は、御側役としていかがなものであろう……」

今ひとり御用取次になりそうだと知った二人は、お庭番に御広敷役である修理之亮の一部始終を見張らせていたにちがいない。

――馬鹿野郎。人の揚げ足なんぞ取らずに、気の利いた探りをさせやがれっ。

怒鳴りたくなったが、やんわりと笑ってうなずいてやった。

あとで聞いた話だが、桜田御門前での闘争の折、あの場から逃げた旗本がいたという。

こんな幕臣が二百年余ものあいだ、江戸城中に巣食っているのである。阿部伊勢守正弘も、井伊掃部頭直弼も、さぞや腹立たしかったろう。

坪内と久貝という凡暗(ぼんくら)を丁寧に送り出すと、大きな溜息(ためいき)をついた。

中村座の舞台は、よろしくなかった。奇を衒おうとの幽霊噺ばかりが鼻について、肝心な役者の芝居が消されていたからである。

「旦那も、お退屈のようで」

「分かるか」

「帰りましょう。小菊の様子も知れましたから」

「いや。あの女形は使えるかもしれぬゆえ、楽屋を訪ねてみぬか」

「なるほどね」

楽屋にも顔が利く國安は小菊の師匠になる菊蔵に話をつけ、芝居のはねた後に借り出すことを請け負わせた。

「お旗本の次男坊さまだ。結構な贔屓になってくださるかもしれねえ。仰言るとおりにな」

修理之亮は冷めしの居候とされ、楽屋番にも顔を知られることになった。

江戸に暮らす武家女たちにとって、猿若町の芝居はなによりの楽しみとなっている。

大名家では年に一度、夜分に役者たちを招んで短い芝居と踊りを正室や娘、女中たちに観覧させた。

ところが、江戸城でそれを演ることはできない。御城は能楽のみで、くだけた芝居はご法度なのである。

芝居嫌いの奥女中は少ない。年に一度か二度の仮の宿下りには、必ずといっていいほど芝居見物をした。帰りに役者の錦絵を買い込み、大奥で取り合いになるという。

御広敷役として、修理之亮は城中で芝居を見せてあげたかった。

「下賤なる役者を御城へ上げるなど、もってのほか。まして芝居なんぞの卑しき色に染まっては、奥女中どもの質が落ちよう」

そう言われるのは、目に見えていた。が、修理之亮は思う。

「限られたところに役者たちを招んで芝居を観せたなら、奥女中らの度を越した買物や誂えの注文は減るにちがいありません。奥向が派手で陰湿なのは、発散できるものがないからです」

「なにを申す。武家、それも上様の女たちなれば、耐えることこそ本領なり」

反論されるであろう台詞まで、想像できた。

――いつか必ず、御城内での小屋打ちをしてやる。

意気込みが再燃した楽屋口となった。

「小頭ぁ、こんなところに――」

新門の若い衆が、捜してたんですと國安のところに走ってきた。

「なにかあったのか」

「へい。例の黒覆面(くろふくめん)の押し込みが、昨晩もあったとか。二軒目です」

「どこでだ」

「浅草田原町(たわらまち)の仏壇屋で、大奥瀧山さまの使いだと、女の声が切っかけだったたって」

「銭箱ごとやられたか」

「それが番頭ひとり殺られたそうで、町方が大勢来てます」

「行ってみよう」

修理之亮は走った。

午(ひる)すぎだが、仏壇屋の周りは野次馬だらけだった。

町方の同心に顔の利く國安が、昨夜のあらましを訊(き)くのを修理之亮は黙って聞いていた。

「昨夜のことというなら、もっと早くに町方さんたちは駈けつけられたのではありませんか」

「それが午ちかくまで、大戸が閉まったまま。店じゅうが揃って江の島見物にでも行ったんじゃないかと、近所は気にも掛けなかったゆえ手遅れとなった」

　番頭は大戸の入口で死んでいたのだが、奥へ入ってゆくと主人をはじめ一家の者たちが全員斬られていたという。

「江の島へ行くにしても留守番を置くなり、近所へひとこと声を掛けて――」

「仏壇の萬屋(よろずや)は、評判の因業(いんごう)でな。近所づきあいはまったくしない店であった。過日の女の声で戸を開けたというのが知れたのは、隣家の女中がそれを耳にしたのだ。大奥のなんとか様の使いで参ったと……」

　御城の桜田御門前で雪の降る中、白昼堂々と大老が首を刎(は)ねられる江戸になったのなれば、賊が商家を襲って強盗殺人をすることに目を剝(む)くものではないのかもしれない。

「江戸じゅうが、殺気立ってきたか。國安」

「かもしれませんや、嬉しくねえけど。一家皆殺してぇなら、声を聞いたてぇ隣家の女中だけが頼りですね」

「今の同心は、南町か」

「へい。女中は今ごろ奉行所で調べを受けてるでしょうけど、なにも分からねえはず。旦那、この際お奉行に直々掛けあってみてはいかがです」

「そうするしかあるまい。例の小僧と役者の小菊を加えて、なんらかの糸口を見つけ出せるとよいが」

店じゅうの者が殺られたとなれば、もう大奥の面目が潰れるなんのとは言っていられなくなった。

この先々第三、第四と同じことが起これば、江戸の夜は闇の底と化す。

町奉行所と関わるのは嬉しくないが、修理之亮は御広敷役の肩書をもって南町へ出向くことにした。

南町奉行の池田播磨守頼方は還暦と聞いていたが、爺むささが感じられなかった。

石高三千は修理之亮とちがい、由緒ある大名の血筋で、俗な旗本とは一線を画す品格を見せた。

「貴殿が、お役者広敷どのか」

「は？　今なんと」

「旗本随一の美男にして、奥女中が憧れる本丸の役者であろう」

「ご冗談を」

「なんの。知る者ぞ知る評判者は、上様のお手が付く前の中臈を横取りした」

「嘘でございますっ」

「阿部、正直者であるな。それでこそ御側御用もこなせるというもの」

　修理之亮は、初手から呑まれたようだ。言い淀みつつ、大奥の名を騙る盗賊を一網打尽にしたいと言い募った。

　あわせて、芝神明の橘屋の清乃と、御家人津山仲次郎の妹お邦の二名が気になることも伝えた。

「むろん町奉行として、これ以上の悪事を放っておくつもりはない。飛んで火に入るとは申さぬが、そなたの助けを借りねばと広敷へ使いを遣るつもりでおったところ。なれば女中をここへ」

　播磨守は「大奥瀧山」のことばを聞いたという仏壇屋の隣家の女中を連れて参れと、同心に命じた。

　田原町には、仏具に関わる店が軒を並べている。しおらしくあらわれた女中は、中古品の仏具を扱う店の奉公人でおさよ。濃いめの化粧ながら、かなりの美人だった。

かような美形が女中とはと、播磨守と修理之亮は目を交しあって首を傾げた。

銭が力をもつ世の中で、人目を惹く女はすぐに買い手がつくものだった。

「うちの伜の嫁に」

などというのは誠実なほうで、月に幾ら出すので妾にとか、拐かして売りとば
そうなんていう物騒なのも出かねない江戸となっていた。

奉行を前にうつむく姿は、白洲に引き出された罪人ほどに縮こまって見えた。

「おさよ。江戸に出て女中となり、どれほどの歳月がたつ」

「まだ、ふた月ほどです。生まれは下野の八木、左官職人善太の娘にございま
す」

「台所が苦しくなり、働きに出たか」

貧しいが美しい娘となれば、身売りをするのがふつうである。それも女郎なん
ぞではなく、土地の金持ちに囲ってもらうのは、一つの幸せとも言えた。

返事をしないでいるおさよに、修理之亮は問い掛けた。

「好いた男ができ、親の言いなりを拒んだか」

「…………」

うなずきはしなかったが、伏し目がちになるのは好きな男と言ったのが当たったようだ。

井伊家の奥女中が火消と理ない仲になったのと同じで、恋に捉われるのは芝居の絵空ごとではなくなりつつあるのだろう。

ある日ふっと家を出て、口入屋の桂庵に頼み込んで奉公先を探す。人手の足りない大江戸は、食うに困らないところとなっているのであれば、話は早い。

「で、昨晩のことだが、町木戸の閉まった夜半、そなたはなにゆえ表口の人声に気づいたのである」

「同じ町内の、伝六さんと」

「伝六とは、そなたのいい人か」

惚れあった同士、それも町木戸に遮られない近くにいるのであれば、夜中の逢瀬はわけもなかろう。

「なれば、伝六と申す男は賊を見たかもしれぬ。呼び出すほかあるまい」

播磨守のことばに、おさよは首をふった。

「伝六さんは、いなくなったんです」

行方が分からないことが、押し込み強盗と関わるのではと考えた。

「いつから深い仲に」

「十日ほど前……」

「仕事はなにを」

「臥煙だと、聞いています」

いわゆる大名火消だが、博徒同然の者が多い昨今の臥煙だった。

「伝六の奉公先は」

「所帯を持てば分かると、あたしには言ってくれませんでした」

惚れるとは、夢中になることであり、どこの誰で、どんな生いたちかと詮索をしないもの。盲目であればあるほど、燃え上がるものと決まっていた。

「ちなみに訊ねるが、大奥の女中が隣家の萬屋を訪ねたとき、そなたはどこにおった」

「伝六さんが大戸ごしに声を掛けてくるのを、土間に立ってじっと待ってたのです……」

消え入るような声で、おさよは答えて肩をふるわせた。

「お奉行。手詰まりですな」

雲をつかむとの形容そのまま、なんの手掛かりもない結果をみた。

念のため伝六という男の人相などを、訊くにとどめるほかなかった。

女中を帰し、入れ替わるように入ってきた定町廻り同心の報告も聞いたが、目ぼしい話は出なかった。

江戸城から永の宿下りをしたまま行方不明の奥女中ふたりは、いまだ分からないままである。

最初に押し込まれ銭箱だけ盗られた楠岡屋は、大奥出入りの看板を返上させられた。

「賊に狙われるがごとき呉服商は、信に欠けるなり」

言い渡したのは、修理之亮だった。

銭はまだしも、お局さま方の身丈から好みや性格などを記した通い帳が外に洩れ出ることを、よろしからずと判断した末である。

が、楠岡屋は訴えに出た。

「なに一つ、当家に非はございません。運わるく押し入られただけですのに、町なかのお得意さま方までが離れ、店をたたむことになりました」

「聞く耳持たず。楠岡屋を出入りご免と命じたのは、大奥の上臈がた。すなわち上様の台慮になるぞ」

一蹴したのは月番の北町奉行で、修理之亮は同席せずに済んだ。

大老が襲撃され、情を掛けることなど意味をなさなくなったという以上に、気づいたことがあった。

たかが一軒の呉服屋、これが潰れることで泣く者の数より、その分の仕事なり代価がまわって喜ぶ者のほうが多いと世情の算盤ははじき出したのである。

情より、銭。

これが万延元年の今では、合言葉になりつつあった。

とはいえ、侍とりわけ幕臣は上も下も、祖先の働きによる地位と禄高を捨てられないでいた。

「三百年も昔の関ヶ原で、たまたま勝ち馬の尻尾にぶる下がっていただけであろう。それを十代もあとの子孫がね……」

新門辰五郎の、口癖である。

人材登用で成り上がった修理之亮だが、それでも耳に痛かった。

――おれも、いつか楠岡屋と同じ目を見る……。

いつ首をすげ替えられてもおかしくないのが、二千二百石となった阿部修理之亮だった。

四

御側御用取次として、二度目に拝謁した修理之亮に考えてもみない下命がなされたのは、激しい雨が広敷の奥にまで聞こえていた昼下がり。

「そちが御広敷役であることに鑑み、広く意見を求めてみようと思う。京の禁裏に在わす帝の妹御について、知り得ることを伝えてほしい」

「帝の――」

顔を上げて問い返そうとした修理之亮の前から、もう家茂公の姿は失せていた。

惨殺された井伊直弼が思いついたといわれる公武合一、すなわち孝明帝の実妹となる和宮を降嫁させる話が、進んでいたのである。

まだ決まったわけではないものの、これを進めるにあたって大奥をはじめ広く思うところを聞いて参れとの沙汰が下されたのだ。

長屋の女房や商家の女中に、感想を求めるのとは大いにちがう。

大奥でも中臈以上、また大名やその正室、さらには京都の公家が常駐する伝奏屋敷にも出向き、腹をさぐらなければならなくなった。

それればかりか、こうした方々は思ったことの四半分も口にしないので、厄介を見るだろう。

「不謹慎きわまりない物言いと態度で、上様の御意向なんぞと威丈高に申す旗本が」

「次代の将軍をお産みあそばされるお方がどうのこうのと、無礼きわまる物言いをしに参った」

旗本を監察する若年寄へ、文句が寄せられるのは見えていた。

修理之亮に、そうした眼力などない。本音を聞き出すという高等な話術を、これから身につけろとでもいうのか。

これは修理之亮下ろしである。分かったものの、逃げるわけにはいかなかった。

──二千二百石は、これか。成り上がり者に楽をさせてくれぬ上に、切り捨てる口実に……。

妻女しまの寝顔が想いうかんで、修理之亮は口を引き結んだ。

なんのかんのと言っても、修理之亮は侍そのものだった。

「ここで国是を正しい方向へ導くには、公家と武士が一枚岩となる公武合一こそ、やってみる価値がある」

皇女和宮を江戸城に迎えるとの前提で、ことにあたることに決めた。

広敷に戻ると、豪雨は稲妻をともなって激しさを増していた。

御年寄瀧山さまの依頼より、上様の下命が勝るのであれば、降嫁の話を優先せねばならなかった。

ただ訊いてまわるのでは、あまりに芸がなさすぎる。まずは分かりやすいことからしてみるかと、銭勘定を考えた。

――今まであったように摂家の養女に仕立てて正室に迎えるのではなく、実の皇女となれば相当な物入りとなるはず。

どれほどの銭が京都へもたらされるか、それを知りたくなった。

私用人の祥之進に、今いちばん算盤のできる幕臣は誰かと訊いた。

「噂ですが、小姓組番頭の小栗さまはいずれ勘定奉行にと、もっぱらです」

「祥之進の見知っておる旗本か」

「はぁ。小姓方とはよく中庭で話をします。二度ばかり、番頭の小栗さまとことばを交しました。好い人です」

「好いと言われてもな。目つきなり面構えは、どうであった」

「小柄で、美丈夫とは申しかねます。しかし、とても口にできない批判をなさるそうで、目上には厳しく、わたくしども小者を邪険には致しません」

「まっとうな侍なれば、おれと会わぬとは申すまい。瀧山さまの肝煎りで、招んでみるか」

「やってみます」

大名同士はもちろん、旗本同士であっても話し込むことは謀叛の恐れありと、ご法度である。

が、大奥御年寄のと付けば、広敷に迎えることが可能となる。

四半刻後、小姓組の頭は固い表情であらわれた。そこに名前だけでとねがった瀧山が、同席したのは意外だった。

「大奥御年寄さまには、ご機嫌うるわしゅうございまする。小姓組番頭、小栗忠順と申します」

格式ばった物腰の小栗だが、大きな目は瀧山と修理之亮を交互に推し量っていた。

「修理。本日は、いかなる用向きか」

瀧山は小姓組の頭が来たことが、分からないのだ。もちろん小栗も、なに一つ知らされていない。

「単刀直入に申し上げます。公武合一となる皇女お輿入れにつき、ご意見をうかがいたくお招き致しました」

おどろいたことに、瀧山も小栗も意外な顔をしなかった。

江戸城中では、まだ知れわたってはいない話であるが、小栗は気づいていた。

「小栗どの。かなりの掛かりがあると思いますが、幕府御金蔵は」

「勘定方はあわてておるはず。十万や二十万の出銭ではないと存ずる。しかれども、朝廷を押え込んでおかぬ限り、異国との交渉ごとは上手く行くとは思えませぬ」

京都は攘夷の姿勢を崩していなかった。

そこへ瀧山が口を差し入れた。

「帝の妹御の和宮さまに、有栖川宮なる許婚者があると聞き及んでおる。降嫁なんぞという横車を、押せるものであろうか」

「わけもないことと申し上げます。帝ばかりか京の公家は、どちらも台所が火の車。これをうなずかせるのが、銭でございまする」

「御金蔵に、蓄えはないであろうに」

「名目がなんであっても、札差や両替商などを脅せば右から左……」

どんな脅しをと訊ねるのは、野暮だった。抜け荷に加担せずとも、うなるほどの銭を手にした商人の脛に疵のない者はいないのである。

修理之亮と懇意な上質屋の加太屋でさえ、札差らに銭を貸す許可は得ていないというのであれば、わけもないのだ。

それゆえか加太屋は井伊直弼の依頼に従って、幕府軍艦建造費と遣米使節渡航の出銭を黙って差し出したのではないか。

政ごとを司るとは、脅しの一手に尽きるところがあった。天下びとがいてもいなくても、これを行使しない者はいないだろう。

瀧山は口をつぐんだまま、部屋をあとにした。機嫌を損じたのではなく、小栗という旗本を信じたゆえだ。

「なれば、わたしめもこれにて」

小栗忠順は用が済みましたなと、出てしまった。並の旗本であれば、無言で退室した御年寄に失礼なことがと青くなったろう。

ところが、能吏と噂の小栗は、気遣う素ぶりもなく去れたのである。

――まだ人材は残っていた……。

嬉しく思えたと同時に、いったい誰がこのような本物の旗本を勘定奉行に押し上げられるのかと、修理之亮は腕を組んだ。


町方の役人ではない修理之亮だが、商家への押し込み強盗は気になった。

少しは進展を見たかと、浅草の新門一家を訪ねるつもりで暮五ツすぎの夜道を歩いていたときである。

上野の山下をすぎたあたりで、怒号が聞こえた。

なんと言ったか分からなかったが、喧嘩がはじまろうとしている気配がした。

浅草までは、まだ少しある。上野寛永寺(かんえいじ)の塔頭(たっちゅう)がつづく端に近く、灯(あか)りもない。

そこに一瞬、白刃が躍ったのを見つけた。

――辻斬りか。

駈けつけてみると、浪人とおぼしき三十男が、抜き身を掲げている背に出遭った。

「下郎っ。今一度申せっ」

浪人が町人相手に脅しているのか、大袈裟(おおげさ)にすぎた。

横にまわると、浪人は酔っているらしく目が据わり顔が赤いようだ。足も定かではなく、揺れていた。

「三一。やろうってぇなら、相手になるぜ」

浪人を前に怖がって小さくなっているものとばかり思っていたが、相対していた男は低く構えているようだった。

よく見ると、いわゆる俠客である。

長脇差を帯の後ろに、膝を出した尻端折りをする様は、怖い者なしに見えた。が、酒をきこしめてはいないどころか、ほんとうに小さかった。

「水戸家の意を汲んだ攘夷の士を、なんと心得る」

修理之亮は迷うことなく、俠客の側に加担すると決めた。

確かに水戸の脱藩浪士が大老の首級を挙げ天下に轟いたが、水戸徳川は謹慎をしている。というのも、藩内が二派に割れていたからである。

となれば、水戸家の意を汲んだとは言えないえせ攘夷だ。

「異人を排したいのなら、かようなところで呑んだくれずに、品川宿のほうの異人公館へ参るべきであろう。ご浪士どの」

「下郎の仲間か」

えせ浪士の目は、修理之亮に向いた。その切っ先が揺れはじめた。が、よく見ると侍の加勢があると、ふるえているのだ。

刹那。俠客の抜き払った長脇差が、浪人の鼻の頭をかすめた。

「う、うっ」

丸い浪人の鼻から、血が吹きだした。

双方の真剣さは、月とスッポンほどの差があった。

俠客が迫る。浪人は後退る。修理之亮はあいだに立ち、声を上げた。

「無用な殺生は、まかりならぬ」

「うるせぇ。てめぇも……」

長脇差をふりまわそうとした俠客の腕を、修理之亮は捻じ上げた。

「放しやがれ、畜生」

近くで見ると、まだ若い。火消の吉三郎より年下のようだ。体もできてない上に、力もなかった。

「小僧。幾つになる」

「十四だ」

「いっぱしの俠客と見たが、親分は」

「浅草の新門辰五郎だ」

「おまえが？」

「明日、一家の者になるんだ。痛いから、放せってば」

子どもの手を放してやり、長脇差を取り上げた。

「新門のところに、明日からとは」

「今夜は遅いので明日来いって」

おかしくなって笑うと、睨まれた。

「この長脇差は、おまえのか」

「深川の破(や)れ寺の賭場(とば)から……」

「泥棒はいかんなぁ、それも人斬り庖丁となると」

「仇討(あだう)ちするんだから、要るんだ」

「親のか」

「姉さんのだ」

「殺されたのか」

「売られちまった……」

唇を血が出るほど噛みしめた子どもは、三日月を見上げた。

「もっと話を聞こう。これから一緒に、新門一家のところでだ」

「知り合いかい、お侍さんは」

声柄が急に明るくなった。

「うむ。夜中でも中に入れてもらえる仲でな」

知らぬうちに、浪人はいなくなっていた。長脇差を鞘に納めると、浅草を目指した。


一家は年がら年じゅう大戸が開けたままである。修理之亮と見た若いのが、横に貼りついていた子どもを見て呆れ顔となった。

「こら、小僧。十六になるまで来るなと言ったろう」

「なんだ、明日ではなく二年後か」

「旦那のお知りあいで」

「いや。先刻ちょっとな」

言っているところに國安があらわれ、修理之亮が手にしていた長脇差を受け取った。

「この子どもが物騒なものを手にしていたんで、取り上げようとしたら逃げたんです」

「おいら子どもじゃねえ」

「喚くのを、子どもと言うんだ」

國安に言い負かされ、後ろを向いた。

「今夜は、土間の隅にでも寝かせてもらうがよい。もうじき町木戸が閉まる」

「ここで寝ていいの」

急に子どもじみた声を上げ、歯を見せた。

「ところで國安、例の女ふたりのその後は分かったか」

「申しわけござんせん。いまだ手掛かりの手の字も、見えてきませんで。ここで立ち話もなんですから、奥へ」

辰五郎は火消組寄合の旅で鎌倉に行き留守、小頭の國安は長火鉢のある居間に修理之亮を迎え入れると、自分は下座にすわった。

永の宿下りをした奥女中で行方の知れない二名は、相変わらず不明という。

「芝の太物問屋の後妻に納まった清乃は、攫われたかもしれませんや。奉行所へ迷子と同じ探索の願いが出てます」

「近所の評判は、どうだ」

「大奥からの輿入れですからね、近所づきあいをする女房じゃありません。同じく御家人の妹お邦だって、家から一歩も出なかったでしょう」

「つまり人柄そのほか、分かりかねると」

「御城の奥向には大勢の女がいるんでしょうけど、旦那の奥様なら少しはお分かりになるのじゃありませんかね」

「あっ、そうか。失念しておった。いちばん手近なところに、聞けそうな者がいたか……」

「迂闊とは申し上げませんが、灯台もと暗しだ。燭台の立つ真下は、よく見えませんからね」

「帰るっ。駕籠を呼んでくれ」

　修理之亮は立ち上がって、先刻の子どもの仇討ち話を聞いてやれと言い置き、番町の自邸へ急ぐことにした。

二之章　侍従 岩倉具視

一

膳に主人のための夕食が、布巾を掛けたまま据えられていた。

手を濯いだ修理之亮は、お櫃の脇に侍る妻女しまの前に、教えを乞う弟子のような面持ちですわった。

「なにごとでございましょう」

しまが目を剝くのも無理はなく、なにがありましたかと怪訝な顔を見せた。

「御城の奥向にあり、先代家定さま薨去によって永の宿下りをした女二名について、知ることを話してほしい」

「なりませぬ」

「…………」

「柳営にいっときでも身を置いた奥女中は、見聞きしたすべてのことを口に出してはならぬこと、御広敷にある貴方もご存じのはずです」

「ではあるのだが、瀧山さまはほとほと困っておいでであってな」

「当家に嫁して一年あまり、なるほど瀧山さまへの御恩はございます。しかし、柳営でのあれこれを話すことまかりならぬとは、上様との約束ごとです」

御年寄の瀧山より、将軍のほうが立場は上にあるゆえ、それを守らねばならないと横を向かれたのはいうまでもなかった。

「われら夫婦であろうが」

「夫婦は一世、親子が二世で、主従は三世でございます。主となる上様とは、孫の世代まで契らねばならぬものではありませんか」

頑なであることは、この場において嬉しくないばかりか、しまという女の情が薄いのではと、美しい顔をまじまじと見つめてしまった。

「なにか、わたくしの顔に付いておりますか」

「いや。情の薄い女であったかと、見込みを誤まったような気が致しておるのだ」

「情が薄い。薄情者だと仰せですか」

「では、ないはずであろう」

「馬鹿だ愚かにすぎる女とは、どれほど言われても構いません。しかし、薄情と誹られるおぼえはございませんっ」

しまは頬を赤くし、声をふるわせ、今にも泣きそうな顔で言い募ってきた。

「ほほう、薄情は嫌いか」

「嫌いなのではありません。人として赦しがたいのが、情に欠ける者です」

「上様との約束ゆえに、凡暗な宿六なんぞの頼みは聞けぬと」

「――。や、宿六」

「そのとおり。ろくでなしが宿を与えられている亭主を、宿六と申す。柳営の中臈にもなれたお方が、成り上がりの旗本にお輿入れをなさったのであれば、女主どのの申されることが正しくなりますか」

嫌みったらしく、くどくどと嘆いてみせたのが効き目を見た。

「上様とて、薄情な女を嫌います。二名とは、誰です」

投げやりな口ぶりとなった妻女が、ことのほか可愛く見えてきた。

修理之亮は肩を抱きしめ、その耳元に囁いた。

「お邦と清乃。この二名だが、奥向には大勢おったであろうゆえ……」

「確か呉服之間(ごふくのま)におりました古参が、お邦のはず。清乃は、わたくしも幾度か見ております御火之番(おひのばん)の小女で、よくありがちな大人しそうに見せるだけの女だったと憶えてます」

「お邦の、評判は」

「口を利いたこともございませんが、女たちの着物一切を取り仕切る立場にあるものの、陰湿で口うるさいと芳(かんば)しからぬ評判を聞いておりました。もっとも、柳営に長くあるというだけで心もちは荒(すさ)むものかもしれません」

「見目かたちは」

「奥へ召されるほどの女なれば、それなりではありましょうが、中には親が袖(そで)の下をいたせば狆(チン)がくしゃみをしたような者も多くなりました。でも、化粧上手は大勢おりましたゆえ、なんとも申しかねます」

　意外な話で、美人ばかりの大奥との当たり前が、そうではなくなっていた。分からないものでもない。家定公は大奥へほとんど足を運ばなかったのであれば、狆くしゃがいても構わないところとなっていたのだ。

　それを拡げれば、番外の運上金をもたらす商人に便宜を図ることは、幕府御金蔵を豊かにすることになった。

娘を送り込んだ商人もまた、箔が付く。

「うちの娘が、御城に召されまして……」

こんな親は馬鹿と言い換えられ、そこに育った子はずっと勘ちがいしたまま生きてゆくことになる。

「わたくしの申したこと、お役には立ちませんでしたでしょう」

「いや、大いに助けられた。狆くしゃが化粧で変じる様を、見たくなった。わが女房どのがそうでないのは、有難い」

「女房などと、下世話な言い方を――」

しまが顔を上げたので、修理之亮は唇を重ねた。

人の悪口や陰口を言わない妻女が、珍しく陰湿なとか大人しく見せているとの中傷は、役立ちそうだった。

よほど嫌われていたのがお邦だったかと、修理之亮は噂を信じてみたくなっていた。

もちろん、押し込み強盗の一味と決めつけるものではないが、大奥で鬱積していたなにかが堪忍袋の緒を切って出たのならと、芝居の粗すじに似たものを考えた。

　一方、大名火消の臥煙に、伝六の名をもつ者はどこにもいなかった。

　町なかの女中を惚れさせ、ハイ左様ならをする男など掃いて捨てるほどいる。

　これも芝居がもたらせたものかもしれないし、銭を崇拝する世の中が生んだ小悪党であろう。

　それが昂じて、芝居より凄まじい世の中になりつつあった。

　一家惨殺となった仏壇屋ほどには酷い目を見てはいないのだから、臥煙に騙されたことは諦めろと伝えるため、修理之亮は田原町へ出向いた。

「これは先日のお武家さま、今日はなにか」

「おさよと申す女中は」

「それが昨日、辞めてしまいましたです」

「辞めたわけは」

「お隣であのような惨事、それも自分はなにもできなかったと沈んでおりました。そこへ一昨日の晩、実家の母親が急な病と伝えてきた者がおりまして……」

　仕方ないだろう。目もあてられない惨劇を、壁一枚向こうで見すごしていたばかりか、男に騙されたことにも気づいたようだ。もう江戸にはいたくないだろう。

そこに親が危篤……。

「えっ」

修理之亮は知らず声を上げ、訝しんだ。

実家は下野の八木、そこで売られそうになって家を出てきたのではないのか。

それだけではなく、おさよは江戸に来てふた月ほどだというのに、訛りがまったくなかったことに気づいた。

少なくとも、下野から出てきたばかりの女ではないだろう。

「当家へ女中を差し向けた桂庵は、どこだ」

「雷門前の、古田てぇ口入屋です」

女の嘘が、どこまでなのか分からなくなってきた。

口入屋へ向かいながら、自分の愚かさに腹を立てた。田舎から江戸に出たばかりの者は、どう隠しても訛ってしまうものである。

修理之亮だけでなく、南町奉行の池田播磨守も気づけなかった。

――江戸市中にありながら、この様だ。

城中も奉行所内も正しくは江戸ではなかったかと、遅まきながら気づいたのである。

古田という桂庵は、人の出入りが多い店ゆえすぐに知れた。

賑やかな浅草が持ち場なら、奉公したい者も雇いたい側も幾らでもある。が、主人や番頭、手代にまで聞いてまわったが、なにひとつ得るものはなかった。

「身元を引き受ける請人（うけにん）ですか、もう二年以上前から公儀（おかみ）はやかましいことを言わなくなりまして……」

「下野の八木ですか、あぁこれだ。おさよ二十歳、田原町古仏具商へ一分（いちぶ）の口銭とあります」

「ここでは口利きに、一分も取るのか」

「あはは。美人はね、買い手がいくらでもあるものでして、値も上がります」

若くて美しいだけで、身元を確かめることもなく、右から左へ送り込むのが当節の口入屋だった。

ことばがとか、話が嘘っぽいと思っても、銭になれば商売になると奉公先を斡旋（あっせん）してしまうようだ。

人の道は、銭という魔物に消されていた。武士道どころか、江戸町人の魂だった人情までが、影もかたちも失せたのである。

その人徳を唯一守ろうとする新門一家へ、修理之亮の足は向かっていた。

伝法院前に、人だかりができている。どう見ても野次馬で、女ばかりだった。

「こらっ、見世物じゃねえ。帰んなせぇ」

一家の若い者が、野次馬を追い出そうとしているが、なかなか去らない。助太刀をするかと、修理之亮は声を上げた。

「公儀目付、御用の筋ぞ。邪魔を致すでない」

町なかではお目に掛かれない立派な姿りの武士が目付であると言えば、人は後退りする。

女たちの中にいたのは、役者の小菊だった。取り囲まれたわけは、可愛い女形で人気が出はじめていたからだとすぐに知れた。

が、そこに目付と名乗った侍が苦味走った二枚目であれば、野次馬は元に戻ってきた。

「止さねえか、おめえさん方。こちらは役者じゃなくて、幕府のお役人だぞ」

「お奉行さま役の、大坂下りの仁左衛門じゃないの」

「キャァ〜」

修理之亮は生まれてはじめて、肉林なるものの渦に巻き込まれた。

酒の席でなければ、裸のそれでもない。しかし、やたらに触わられ、気味わるくなってきた。

どこをと言えば、股間をである。

美醜老若を問わず、引っ切りなしにいじられるのは、度を越したものだった。

「――――」

助けてとは、旗本のことばではない。といって、鯉口を切って抜刀するものではなかろう。

騒ぎを聞きつけ小頭の國安が出てきたものの、ニヤニヤ笑っているだけで追い払おうともしない。

知らぬうちに、小菊は輪の外に出ていた。

袴の脇へ女の手が伸び、修理之亮の下帯に到達したとたん、中のいち物がギュッと握られた。

「うわっ」

暴れようとしても、握った手が離れてくれないので、力が出ない。

もう一方の脇からも手が差し込まれ、両足が地を離れた。

跳び上がったのではなく、胴上げをされたも同然となったのである。

女たちは終始無言だった。

頬を寄せ、鼻の頭を舐められた。懐奥ふかく手が入ってくるものの、財布を素通りして臍を撫でまわされる。

首すじにヌルリと女の舌が這ってきたとき、声を上げた。

「國安、どうにか致せっ」

若い者たちが一斉にあつまり、女をひとりずつ引き抜いた。そして修理之亮を守りながら一家の中に押し込むと、火消道具で入口をふさいだ。

羽織袴は乱れに乱れ、帯の結び目が解かれ、足袋の片一方は失せていた。

それはまだしも、首すじに垂れる涎に怖気をふるったように、修理之亮は水桶の水をかぶった。

「旦那ぁ、男の誉じゃござんせんか」

「ば、馬鹿を申すな。どこが、誉だっ」

「役者とされたんですぜ。物を盗られたわけじゃなし、頼みもしないのに触ってくれた」

「触られて、嬉しいものか」

「嬉しいよな、みんな」

ひとりが言うと、男たちはうなずいた。

開いた口がふさがらないまま、修理之亮は上り框に腰を落ちつかせた。息はまだ乱れていたが、ビッショリ濡れた着物を見て、くしゃみを放った。

「昔いた用心棒が着ていた物がありますので、これで我慢してくだせぇ」

辰五郎が無紋の袷を手に、これを着ろという。

とりあえず羽織り、兵児帯を締めた。その眼前に役者の小菊をみとめ、口を開いた。

「芝居のほうは、いいのか」

「演目替りで、休みです。今日はご贔屓の辰五郎さまへの挨拶に参りました」

贔屓筋への礼は、名入りの手拭や扇子でおこなうのが若い役者の決まりだった。

「今おった女どもから、あのような真似を毎度されては堪らぬであろう」

「いいえ。可愛いがっていただけるのは、有難いことです」

平然と言い返されて面食らった修理之亮に、小菊は笑い掛けてきた。

まだ十四か十五に思えるが、理不尽を理不尽と考えない術を身につけたことで動じない。

有難いと言うのが本当なのか、口先だけなのか。訊いてみても答えないだろうと思わせることも、大人だった。

――そうか。同じことが、御城の奥向でも。

芝居小屋も大奥も閉ざされたところで、男ばかり女だけの世界なのである。

おかしなとは言わないまでも、尋常ならざる者がいて当然なのだ。

行方知れずの奥女中ふたりは、世間という水に馴染めなかった。元に戻ることができず、飛び出したのか……。

哀れだと同情をするものではなかろうが、奇形を見せる大奥がつくりだす人間を、なんとか立ち直らせる方途はないものかと、御広敷役は考えていた。

「どうなさいましたね、御側御用(おそばごよう)になられますと、ご心痛のあまり出された茶も喉を通りませんかい」

「茶が出ていたか」

「玉露(ぎょくろ)に馴れて、番茶なんぞ飲みづらいでござんしょうが、すすりなせぇ。囲んできた女どもの熱い情けを、ズズッと」

「止しやがれ。飲めるものか」

「役者と思われたんです。悪い気はしねぇはず。もてるって、証(あかし)だ」

「冗談はさておき、田原町の仏壇屋の隣にいた女中、辞めたぞ」

「おさよでしたか。ちょいといい女で」

國安が、辞めてしまったのは残念の顔をした。

「人殺しで怖くなった末にというなら分かるが、あの女の出どころは嘘八百であった」

古仏具商に人入れをした桂庵で聞いたことを、修理之亮は手短に話した。

「こりゃあ、あっしも迂闊。下野訛りは一つも出なかった……。てぇと、大奥からの使いと聞いたんじゃなく、あの女中が賊の手引きをしたとか」

「飛躍しすぎる連想だが、考えられなくもない」

「女の人相書を作らせ、桂庵に配りましょうかね」

「意味がない。というより、無駄であろう」

「なぜです」

「化粧だ。おさよは濃い化粧だったこと、憶えておらぬか。女は巧みに化けるよ」

妻女に教わったままを口にした修理之亮に、辰五郎と國安はしきりに感心してくれた。

南町奉行所の同心が訪れてますと言われ、ここへ通すように言い返した。

あらわれた同心は若いに似合わず、目に落ち着きを見せる色白の二枚目だった。

「役者がひとり、増えましたね」

「余計なことを申すでない、國安」

「椎野徳之丞、お奉行播磨守の書役を致しておる同心にございます」

「どうりで陽に灼けてないのは、内勤の同心さんでしたか。して、御用の向きは」

「は。阿部修理之亮さまに加勢せよと、参りました次第」

「定町廻りではない者が、役立つといいのだが」

「ご不審はもっともなれど、書役ゆえ様々なことを知る立場におります。それを使えるのならと、送り出されました」

「どうして修理の旦那がここにいると、知りなすった」

「町方に従う小者を、今朝から尾けさせております」

修理之亮は、見張られていたのだ。それはいいとして、夫婦の睦言を床下で聞かれでもしたらと、眉を寄せた。

「手伝いは有難いが、先日来の押し込みは暗礁に乗りあげてしまっておる」

「そのようなれど、雷門の口入屋を調べましたところ、おさよと申す女が芝神明町の太物問屋の番頭を請人としてやって参ったことが知れました」

「おれも口入屋に行ったが、請人はいなかったと申しておったぞ」

「人を売り買いする桂庵とは、口が堅くなくてはいけません。ご無礼ながら、阿部さまはあしらわれたのです」

「町方は、ちがうのか」

「十手をちらつかせ、正直に答えぬのならと脅します」

「……。申した芝の太物問屋とは、橘屋か」

「後妻に入った清乃は、行方知れずです。すぐに参りませんか」

「行くぞっ」

修理之亮は徳之丞を伴い、安直な着流しに大小を差して下駄をつっかけた。

二

小走りのまま話してゆくと、南町奉行の池田播磨守は江戸城の大奥を気に掛けていることが分かってきた。

「播磨どのは、確か吉田松陰を取調べたと聞いておる」

「はい。わたくしも同席したことがございました。お奉行は遠島にと申し渡したのですが、大老は死罪と書き換えたのです」

長州(ちょうしゅう)の吉田松陰と福井藩士の橋本左内(さない)の二名を死罪にしたことが、浪士たちを大老惨殺に走らせたと聞いていた。

もちろん、今となっては分かりようもないが、少なからず関わりをもった修理之亮には、一つずつ真実が剝(む)き出しにされてくるのが、傷口に塩を塗られるようで辛かった。

——せめて遠島が、死罪とされたことを知っていたなら……。

時の流れは戻らないし、遠島にしておけば桜田門外で襲われずに済みますと、修理之亮に言えたのではないか。

が、言えるはずなどあるわけもなかった。

浅草から芝まで、同じ江戸市中だがいささか離れている。途中で辻駕籠(つじかご)を拾い、脚を休めることにした。

駕籠に入れば、一人である。いい加減に生きようと決めた男は、おのれ自身を省(かえりみ)ることで糞真面目に戻った。

太物問屋の橋屋は、すぐに知れた。

が、十手をかざして乗り込むものではないとなった。

「裏手にまわって、奉公人に後妻のことを聞いてみるか」

「それだと町方の者と分かってしまいますゆえ、出入りの八百屋などのほうがいいと思います」

物ごとを直情で考えてしまう修理之亮は、ここでも負けた。

外で待つことに苦労のない春でも、空模様が怪しくなってきた。路地にある裏口に、人の出入りは少なかった。

ポツリ。

雨粒が剃った月代に落ちると、雨宿りする軒下のないところで立ちつづけてはと、あたりを見まわした。

隣家の裏木戸が開き女中が出てきたのを、徳之丞は満面の笑みをつくって声を掛けた。

「済まぬが、傘を拝借できぬものか」

同心といっても十手を差しているわけでもないし、黒羽織を帯に挟んだ定町廻りの恰好でもない。

芝という町を考えれば、大名家の屋敷も多いことから、それなりの藩士に見えたのだろう。女中は踵を返して、傘を取りに戻ったようだ。

すぐに傘を手にした女中から、徳之丞は傘を受け取るというより、両手で女中の手を包み込むと、なにやら囁いている。

女中の頰が赤らみ、徳之丞を見る目が潤んできた。

どう見ても女をものにするときの仕種で、そのまま曖昧宿に連れ込むとしか思えなかった。

修理之亮がまだ台所検見役になる前、仲間とそれを試みようとしたことがあったが、鼻も引っかけられなかったのを思い出す。

——あの同心、軟派野郎だ……。

羨ましいのだが、真面目な旗本に立ち返った修理之亮は腹を立てた。

徳之丞に手招きされて行くと、山出しの芋とは言わないものの田舎の匂いが抜けきらない女中が、徳之丞に媚をうっている。

「兄上。こちらのお女中が、土蔵にて雨宿りをと申し出てくれました」

「おれが、兄上か」

小声で訊き返すと、意味ありげな目配せをした徳之丞は、修理之亮に土蔵の中へ入ってくれと言った。

雨が降りだした。言われるままに、中に入ると戸口を閉められた。

「誰も来ねえだ。ここなら大丈夫だよ」

「な、なんのことである」

「聞いただよ。お侍さまは御家騒動を逃れて、着のみ着のままで出てこられたって」

「御家騒動」

「おらは決してしゃべらんから、追っ手がいなくなるまでここにおるといい。弟のお侍さまは外を見張っておるで、案ずるもんではねえだ」

女中はいなくなった。

話をつなぎあわせて考えるに、安直な着流しだが剃りたての月代と人品いやしからぬ顔だちの修理之亮は、大名の庶子。

跡継に揺れる屋敷から、ひとまず逃げ出したのは毒を盛られそうなため。追っ手がいなくなったら、どこぞへ落ちのびる。

弟を演じた徳之丞は、借りた番傘を手に周りを見守ると称し、橘屋に出入りする者から内情を聞き出そうというのだ。

異能というのか、芝居の筋書きをスラスラと口八丁手八丁に言い立てられる頭の良さに、ほとほと感じ入ってしまった。

そればかりか、その初手は女を口説くことだったのである。

「おれには、できぬ」

吠えたとき、路地に徳之丞の声がした。

「ちと、訊ねたい……」

物腰がやわらかい上に、ことばに刺々しいところがないのであれば、女どもであっても心を拓くだろう。

出入った者が誰か見られないが、上手くいくことをねがうほかなかった。

居眠るつもりのなかった修理之亮だが、静かで薄暗い土蔵はウトウトするにはもってこいだったようである。

時を打つ鐘で、目を覚ました。というより、外の騒がしさが眠りを破った。

ドタン。

板塀にぶつかった音がして、修理之亮は土蔵を出た。

雨は上がっていた。

「なにを致す」

徳之丞の声で、塀の下に素足に雪駄の男が群れているのが見えた。

「なにをじゃねぇや。侍だからと、好き勝手をしていいものじゃあるめぇ」

破落戸が、徳之丞にいちゃもんをつけているようだ。

修理之亮は裏木戸を押し開け、男どもの風体を確かめた。

眉を剃っている野郎、上手くない彫物を見せつける者、顔じゅう痘痕の男は手に匕首をちらつかせていた。

「三人か、徳さん」

「こらまたお仲間の登場だ。ふたりして、なにを企んでいやがる」

言い終えると同時に、匕首が顔の前を横切った。

「手強いぞ、徳さん」

刃物の扱い方で、どの程度の腕か見当がつく。

出てきた裏木戸に徳之丞を押し込んだ修理之亮は、彫物をした男の足を蹴り払った。

「うわぁっ」

転んだところが水たまりで、声を上げたのだ。そのまま立ち上がると、相撲のように食らいついてきた。

男の髷を摑んで、塀に顔を打ちつけた。一度ではなく、三度。

痘痕の匕首が、修理之亮の胸元を目掛けて突き進んでくる。躱せないと見て、腰にある太刀の柄を握って押し上げた。

刃先は既のところで止まり、痘痕は仕切り直す。その動作に、無駄がない。

喧嘩に馴れた荒っぽさが、先を急いでいるようだった。

横あいから眉のないのが長脇差を下段に構え、隙を狙っているのを、破落戸がしゃらくせぇ真似をと修理之亮は脇差を抜いて投げつけた。

右目に突き刺さって、崩折れた。

が、匕首野郎は動じなかった。足の運びが、侍だった者かと見えてきた。

容赦するつもりはない。じっと眼をそらすことなく、ゆっくり太刀を払った。

「修理どの、危ない」

徳之丞の声に、修理之亮は思わず身を沈めた。

パン。

音とともに硝煙の匂いが立ち、痘痕は斃れていた。

口を封じられたのだ。

匂いが立ってきたところは橘屋で、徳之丞とともに入って行った。

勝手口には、板が打ちつけられてある。家の中に入ろうにも、壊さなければならないほど厳重に封じられていた。

「どういうことだ。おまえはここから出てきた者に、橘屋のことを聞いたのではないのか。誰もいません、もぬけの殻と言われたか」

「わたくしも騙されたようです。ここの裏木戸から出てきたのは、店じまいをした者であったかもしれません」

「短砲を撃ってきた者は、もう失せてしまったようだ。三人の破落戸は」

「ここから出てきましたから、店じまいに関わった連中でしょうが、探りにくる者があるはずと考えての番犬だった気が致します……」

「人蕩しの徳之丞も、騙されたか」

「…………」

なにも得ることなかったかと、人死が三人出たことを番屋に伝え、それでも何も残っていない家に一つくらいと、打ちつけてある板を剥がして中に入った。

「――――」

凄惨なとありふれたことばではあらわせない酸鼻を極めた様が、目の前に広がってきた。

廊下に二人、居間に三人、奉公人たちが寝床にしていた部屋には五人、台所に一人、主人とおぼしき男もうつぶせのまま血の海の中にあった。

血は固まっていた。残忍な仕打ちは、二日ほど前におこなわれたのだろう。芝という大名屋敷の多い地では、不審に思われなかったのかもしれない。


翌日の瓦版が、面白おかしく書きたてていた。

〝江戸で十指に数えられる太物問屋が賊に襲われ、一家みな殺し。ただ一人、主人の後添(のちぞ)えとなった清乃という女は行方不明。その女は、かつて江戸城大奥に勤めていた奥女中。主人に子はなく、太物問屋は店をたたむしかなくなった。銭をもてあます大店(おおだな)は、ご用心〟

こんな長い見出しの瓦版だったが、飛ぶように売れたのはいうまでもない。が、短砲という物騒きわまりない飛道具が使われたことは、出ていなかった。

金持ちが不運を見ることは、長屋住まいの町人の溜飲(りゅういん)を下げるのだ。ところが、この一大事によって、江戸じゅうの大店は守りに入った。

新しく人を雇おうとしなくなり、店は早く閉め、用心深くなることで、銭を含めた世の中そのものが廻らなくなったのである。

あらゆるものの値が少しずつ上がりはじめ、職人たちの仕事が減ってきた。

夜鳴き蕎麦の十六文が十八文となったのを皮切りに、夜の町を歩く者が少なくなった。

吉原ばかりか、深川や根津の岡場所まで閑古鳥が鳴き、紅い街は風前の灯となるだろうと、思う者は江戸にはいない。

「さぁ、女にもてるぞ。ここで臆病風を吹かすのは、江戸っ子の名折れ」

色里はいつも以上の賑わいを見せ、そこから景気が戻ってゆくのはいつものことなのである。

「江戸ってぇところは、宵越しの銭をなにより嫌うんだ」

このひと言に首を傾げる不粋な江戸っ子は、いなかった。併せて高くなっていた物も職人たちの仕事も戻りつつあった。

百万をとうに超える江戸の人数、その中で犇きあって暮らすとなれば、どこかで帳尻を合わせることが肝心となる。

廓というよからぬところが、今回は大いに役立ったわけだ。

久しぶりに顔を出してみるかと、修理之亮は今夜は宿直だと断わって、着流しで自邸を出た。

三

美しいだけでなく、まったく非のない妻女しまがいるにもかかわらず、ほかの女に触れたい。

これに理屈がつけられなかった。

道義から考えても、女を買うなどあってよいわけがなかろう。

「お相手の女なごを愛おしいとお思いなれば、側室に迎えるのがよろしいではありませんか」

賢い妻女は、こう言ってくるはずだ。

「いや、愛おしいとか好いたとか申すのとちがうのだ。それゆえ長く邸に置くつもりはない」

「卑しい作法で、つまみ食いというのがございますが、それですか」

「上手いことを申すではないか。台所で作り立ての芋などを、鍋からちょいと口へ放る。腹も空いておるし、熱くて美味い。ところが、これが膳に載って供されると、大した味ではないことがしばしばある……」

修理之亮がここまで言ったなら、しまは黙って邸をあとにするだろう。まちがっても、こうした話になっては破綻を見るものだ。

正直にあれとは、侍に限らず誰もが言われて育ってきた。仕方なく、小さな嘘をつく。

円満のことばの裏側に、わずかだが心苦しさが宿ってしまうのは仕方ないかと、修理之亮は吉原大門に向かう緩やかな坂を上っていた。

「やっぱり。いらっしゃいましたね、修理の旦那」

大門の手前で声を掛けてきたのは廓見世の男ではなく、新門一家の若い衆である。

「なんだ。用でもあるのか」

遊びの気分をそがれ、不機嫌な返事をした。

「へい。捜してこいと言われまして、たぶん吉原だろうと張っておったわけで」

「嫌な真似をしやがって、ここんところ毎日が窮屈なのだ。急ぎでないなら、ここで用を済ませてから行ってやる」

「急ぎってことじゃござんせん。けど、朝帰りでは、ちょいと……」

「ちょいと、なんだ」

「御用取次さまには明朝、伝奏屋敷へ伺候ねがいたいとの伝言でした」

「伝奏屋敷へ――」

聞いたとたん、皇女降嫁を思い出した。将軍直々に、和宮について調べておけと言われていたのだ。

忘れたわけではないが、大奥の名を騙っての強盗に追われ、動けないでいた。

公家が常駐する伝奏屋敷には、ときに朝廷からの勅使が宿舎とする。

どうせありきたりの話になるであろうから最後にと、修理之亮は後まわしにしていたのが伝奏屋敷だった。

「一家のところへ使者に参ったのは、誰だ」

「どなたか存じません。黒塗りの駕籠でお帰りになりました」

――上様が業を煮やし、修理めをと命じられたにちがいない。

嘘までついて出てきたものの、雄の情動は失せてしまった。

廓からの帰り駕籠を拾い、番町の自邸へ急いだ。

不意の帰宅に、しまも女中たちも慌てた素ぶりを見せた。

「お、お帰りあそばせ」

うつむいた妻女の口元に、白い粉が付いている。

「夜分に、化粧の稽古をするか」

「あっ。お大福が、どんなものかと」

修理之亮は、しまに下世話なもの一切を教えなかった。

武家に生まれ育ち、江戸城大奥にいた女である。町人なんぞが好むものは馬鹿にして、ふり向きもしないと思い込んでいた。

大福餅は、団子屋の物である。羊羹や煉切りといった菓司舗の物とは一線を画す。

「気づかずにおったこと、謝らねばな」

「なんのことでございますか」

「大福や団子を、買ってやらなかったゆえ。ほかにも欲しいもの、あれば申すがよい」

「では、女中たちと湯屋へ行きとうございます」

「…………」

男女が別の湯屋とはいえ、大勢いる中で裸になれるのだろうかと、これもまた新しい気づきだった。

急に伝奏屋敷へ伺候することになったゆえ、宿直はなくなったと嘘を重ねた。餅菓子を食べていたことを恥じる妻と、嘘の上塗りをする夫。地獄で舌を抜かれるのは、修理之亮のほうに決まっている。

朝一番に湯殿で身を清めると、下帯から足袋に至るまで新品を身にまとった。京都より下向の勅使が来てなくても、武家伝奏の公卿は大名以上の官位を有しているのだ。

「初めてのことゆえ、手土産を持参せねばならぬ――」

手ぶらで出向こうとしたことに、修理之亮は青くなった。

「これをお持ちくださいませ」

懐紙に包まれた小判が、帛紗盆の上に幾つも載って差し出されてきた。

「済まぬ」

山内一豊の妻を思い出し、頭を下げた。

これが役に立ったどころではなく、下にも置かぬ扱いを受ける伝奏屋敷となった。

屋敷は和田倉門そばの幕府評定所の隣で、なんの変哲もない松の木が目隠しにもならないかたちで植えてあるところだ。

「公家ごときは、どこでなにをしておるか分かるようにしておくことが肝要なり」

朝廷に供奉(ぐぶ)する者は、見張られていた。ところが今、京都の地位は上がりつつあった。

井伊直弼(なおすけ)が牛耳(ぎゅうじ)っていたときまでは、公家(くげ)諸法度(しょはっと)に縛(しば)られ、わずかな石高で貧しかったはずである。

それが西国雄藩の援助によって、公卿のあごが上がってきたのだ。

修理之亮が訪れたことを伝えても、待つようにと言われたまま放っておかれそうになったときだった。

小判一枚の鼻薬は、凄い効き目を見た。

表玄関に出てきた雑掌(ざっしょう)と呼ぶ従僕(じゅうぼく)ごときへ握らせた一両は、一尺も跳び上がらせた。

「これを主(あるじ)でなく、わたくしめに」

「いかにも」

「奥の応対之間(おうたいのま)にて、しばしお待ちを」

薄いだけの茶を運んできた者へも、一両。座布団を厚い立派なものに替えた者にも、一両。風を入れましょうと障子を開けた者にまで、一両を握らせた。

五人ほどの家族が表長屋で、ひと月優に暮らしてお釣がくるのが一両である。

まさに、大判ぶるまいだった。

雑掌が機嫌よく立ち働けば、屋敷の住人である武家伝奏の公卿が訝しがったのか、これまた早々と顔を出してきた。

「どなたやらが参られると聞いてはおりましたが、お名を」

「江戸城御広敷役、阿部修理之亮にござります。武家伝奏の広橋さまとお見受け致します」

伝奏役の公卿は二人いたが、もちろん顔など分からない。名は聞いていたので、当てずっぽうだった。

「いかにも。して本日は、いかようなことに」

「大奥御年寄瀧山さまの使いにて、ご機嫌うかがいに参りました」

帝の妹御の輿入れについてと言い出せるわけもなく、修理之亮は十両を帛紗に包んで押し出した。

「これは、まことに恐れ入りまする。御城の奥向は、お変わりなく」

正二位広橋光成は、紫の帛紗から目を離すことなく、ありきたりの挨拶するものの、舌なめずりをしそうに見えた。

修理之亮は帛紗を公卿の膝前に押しつけるようにして、困った顔をつくった。

「上様は十五におなりあそばされ、次なる世子さまの話が、早くも出はじめておりますこと、お耳になされておられますでありましょうか」

「さて、なんのことやら」

一言のもとに、外された。

そのとき修理之亮の背後に、人の気配が立った。

小者でないことは、気配で知れる。広橋は目を上げて、顔をしかめた。

「これこれ、友山。御広敷役さまじゃによって、そなたに関わりはござらぬであろ」

「なんの。天下の一大事でありませぬか、広橋さま」

言われるところの弱々しい小声の公卿とは異なる蛮声の主は、顔の大きな三十男で広橋と同じ公家装束だった。

「坊城さまでございますか」

今ひとりの伝奏役かと、修理之亮は頭を下げようとしたが、広橋は首をふった。

「この者は食(は)み出し公卿でな、京(みやこ)より江戸へフラリと出て来おった。従四位下(じゅしいのげ)でしかござらぬ」

入れとも言われないのに、横柄(おうへい)な公卿は広橋の横に坐(ざ)した。

「いかんではござらぬか、広橋さま。御広敷役人が将軍ご正室の話をもちかけたというに、知らぬ存ぜぬはいけまへんな」

話の分かりそうな公卿の登場に、修理之亮は思わず膝を乗り出してしまった。

「友山。帝(おかみ)の叡慮(えいりょ)を台無しにするようでは、伝奏として内裏(だいり)へ伝えんならんことになりますぞ」

「広橋さまこそ、帛紗包みを受け取られました。これも伝えねばなりませんな」

「こ、これは……」

「伝えまへんがな、みぃんなやっておますによって。それ持って、部屋へお戻りなされ」

俗なことばつきになった男は、ますます面白そうな公卿に思えてきた。

憮然(ぶぜん)とした顔のまま、広橋は出ていった。

修理之亮と二人きりになると、友山は膝を詰めてきた。なんとも言いようのない面妖(めんよう)な、とまではならない風貌をもつ公卿である。

弱々しさとは無縁、といって野武士の野卑さはうかがえない。生意気そのものなのだが、馬鹿にするような素ぶりがなかった。

揶揄うつもりではなく帛紗包みをを出すと、おどろいたことに中を開けて枚数をかぞえた。

「ありがたく、頂戴いたす。なにかと物入りゆえ」

懐深くに納めると、向き直った。

「改めて、従四位下侍従、岩倉具視と申す。広橋さまの申された友山とは、謹慎いたせし折に名乗っておった。広橋さまに限らず、上にある方々は、この岩倉を煙たがりおる」

「謹慎なされておられましたか」

「いかにも。二年前、公卿八十八名が列参し、異国との条約勅許ゆるしがたしと帝へ……」

「されど条約は交されておりますが」

修理之亮の皮肉めいた言い方に、岩倉は苦笑いを見せた。

「先刻の将軍ご正室の一件、帝の妹御がよろしいかと存じおる」

「――。本音でござるか」

「これでも侍従なれば、帝へ進言致せる立場にある。無勅許で条約が結ばれてしもうた今、内裏は手詰まり」

「打てる手が、ございませぬか」

「あるのは権威なる形のないもので、威張ることもままならぬ貧者が公家である。和宮さまに江戸へ下向していただき、公武（こうぶ）一和（いちわ）で難局を乗り切りたい」

「合一（ごういつ）ではなく、一和ですか」

「禁裏（きんり）にある者は知行（ちぎょう）合一を思い出し、侍の陽明学を重ねてしまう。一和と言い換えるのは、公家の矜持（きょうじ）や」

　岩倉が難局を公武が手を携えて乗り切ると言うのを、修理之亮は心地よく聞いた。

「では、和宮さま降嫁は、まちがいなく――」

「確約などできませんがな。帝が行け言うたとて、宮さまが尼になる言うたらどうもならん。この岩倉が江戸へ下向したのは、その下調べ。江戸城大奥がどのように迎え、いかなる扱いを致すのかと……」

　江戸城の大奥は、つねに二派に割れているところとなっている。岩倉はそれを危惧しているのだ。

正室となり御台所様と奉られても、大奥は一致を見づらいところとなっていた。が、ここに遠い味方ができたような気になった。

幕府と朝廷が一つになって異国の脅威に立ち向かえるなら、攘夷と騒ぐだけの連中を押え込めるにちがいないと目を輝かせた。

「ところで、江戸は安寧な地なるや」

和宮を迎えるにあたり、物騒であっては困るのだ。が、短砲を用いる賊が出たばかりか、奥女中を騙って押し込む連中がいると言えるわけがない。どう答えようかと思っていると、先手を打たれた。

「瓦版にありし一家惨殺は、まことの話でござるか」

「滅多に、と申すより江戸で初めての一大事。賊を捕えんと奉行所は必死になっております」

「なにを隠そう。侍従として江戸へ参ったが、正式ではない。公家諸法度に照らすなら、無断で京を離れたことになり申す。が、お忍びなればと、京都所司代も町奉行も目をつぶって見逃すまでになった」

「下向なされた理由は」

「いまだ早計なれど、和宮さま御下向の道中を検見しておる。往路は東海道を通って参ったが、帰路は中山道を」

どっちが安全にして無理がないかを確かめるためだと言うので、修理之亮は自分の考えを述べた。

「海路はいかがでしょう」

「転覆しては、元も子もあるまい」

「先ごろ遣米使節一行の一艘が、戻って参りました。咸臨丸と申す幕府初の黒船で、あの大海原を往復したのです」

「船は酔う。それだけでなく、黒船となれば砲門を有すであろう。異国船とまちがわれて攻められでもしたら……」

攘夷を掲げる連中が、お輿入れの船に砲を撃ち込むことも考えられると言い、日数が掛かっても陸を進むほうがと首をふられてしまった。

「いつ京へお発ちになりますか」

「この屋敷では、邪魔者扱い。さりとて市中を出歩くこともままならぬ身。二日後には、江戸を出ねば」

修理之亮は思いつきだがと、口を開いた。

「侍従さまを繁華な町なかにはお連れ致しかねますが、番町のわたくしの邸でなら江戸の旨い物くらい饗せます」

岩倉の目の色が変わり、唇から歯を見せた。

「町の辻駕籠にも、乗れてかな」

「汚ないですが、楽しいかもしれません」

すぐに話は決まった。岩倉は旗本邸に参ると雑掌に伝え、子どものようにいそいそと玄関へ向かった。

四

旗本の武家駕籠に修理之亮、その後に垂れを下ろした町駕籠でついてくる岩倉。担ぎ手の褌に顔をしかめているかもしれないが、見るもの聞こえてくる音は、物珍しいにちがいない。

修理之亮は少し遠まわりをしろと、言ってあった。呉服橋御門を出て、日本橋の繁華な辺りを背に一石橋。一石の名は橋詰に金座役人の後藤家と呉服の後藤家があったことから、五斗と五斗で合わせて一石と洒落た名の橋。

そこから濠沿いを左に、神田橋。神田明神とか湯島聖堂は面白くもなかろうと素通りし、御家人邸のつづく飯田町。これまた見るところはなかった。御城に近い江戸市中とは、こんなところだったかと、修理之亮は頭を掻いた。

番町の自邸に帰ってきたが、岩倉はつまらなそうな顔で駕籠を出た。

まだ午前なのに帰ってきたと、家の者たちは具合がわるいのかと気遣ってくる。

後からついてきた辻駕籠から公卿が出たので、女中たちは茶番芝居の芸人と思ったようだ。

「やだっ。幇間でしょ、あんた」

「太鼓は持参せぬが」

「おい。そのお方は京のお公家さまで、一日お遊びになる。岩倉さま、無礼もござりましょうが、お寛ぎをねがいます」

「左様か」

言いながら邸内を見まわす岩倉は、貧乏な公家邸との差におどろいていた。

庭木の手入れと、整って置かれた踏石。表玄関は磨き上げられ、打ち水も涼しげだ。

もっとも毒見役をしていた時分の邸に比べると、ずっと立派になっている。あの頃は、わずか二百石二十だった。

「お帰りなさいませ」

妻女しまが出てくると、いつものことながら花が咲くほどに明るくなる。その花を見た岩倉が、顔じゅうを歪（ゆが）めた笑いを見せた。

しまを見つめながら、舌なめずりをしかねない口を開け、つかつかと歩み寄ってゆく。

狼（おおかみ）が出た。とは言わないものの、しまは身構えた。

「京の侍従にして従四位下、岩倉さまと申され本日は当家に……」

連れてこなければよかったと後悔したほど、岩倉は獣（けもの）ぶりを露呈してきた。

公家にも、好色漢はいるだろう。しかし、伝奏屋敷での岩倉は開明派の公卿を標榜（ひょうぼう）し、公武一和（こうぶいちわ）を目指し邁進していると大見得を切ったのではないか。

言ってみたところで、通じるわけがなかった。

政（まつり）ごとへの熱意と、生まれながらの性癖（せいへき）とは無関係なのだ。突っ込んで言うなら、生来の気質が勝るらしい。

岩倉はツカツカと旗本の妻女に歩み寄り、なんの遠慮もなくガッシと手を握った。

やさしさの欠けらもない行為は、見ていられるものではなく、修理之亮は止めさせようと近づいた。

「妻女がおどろいております。岩倉さま、お戯れはほどほどに」

「大名と変わらぬ官位の公卿が、親愛の情を込めての異国流の挨拶ぞ。ヒュースケンなる通詞は女なごの手を取ると、こうして頬を寄せ――」

いきなり岩倉がしまの顔に自らの頬を近づけたとき、
パチン。

旗本妻女の平手が、公卿の大きな四角い顔を打った。

「なにを致すっ」

声を張り上げたのは修理之亮の父三右衛門で、紋付羽織袴の正装で出てきた。

「しま。お客さまは京よりのお使者、ご無礼にもほどがあろう」

三右衛門は、青くなっている。

ところが、しまは動じることもなく言い返した。

「犬畜生にも劣るふるまい、上様に仕える旗本の奥には赦しがたいものです」

にわかに邸の表玄関が、不穏に包まれたのは言うまでもない。

女が公家に向かって犬畜生と罵ったのであり、その後の報復を誰もが恐れたからだった。

修理之亮は知らず、脇差の鯉口を切っていた。

腹を切って詫びるつもりだったのではなく、岩倉の片頬に向こう疵を付けてやろうと考えたのである。

斬り捨ててしまえば幕府と朝廷の争いの因になり、公武一和が失せて異国の侵略を見かねない。

その代わり、公卿の頬に生涯残る疵を付けることで、徳川の旗本ここにありの証左となるのだ。

――少なくとも岩倉は、徳川幕臣の心意気を知るはず……。

が、岩倉は、笑った。

「なんと気丈な、女御よのう」

宮中でも同じことを女官にして、似たような仕返しをされたものか、どこ吹く風を見せてきたことにおどろかされた。

岩倉は叩かれた頬に手をあてながら玄関の式台に上がると、勝手に廊下を進んで行った。

下男か女中がすることと、沓は脱ぎっ放しのまま、指貫の裾も払わずである。

ろくでもない男と思ったものの、くどくどと口うるさい公卿とは異なる大きな器の持ち主と、しまと顔を合わせた修理之亮は妙な納得をした。

客間に招いたが、安直な辻駕籠で埃にまみれたゆえ湯に入ると言い出し、立ち上がって狩衣を脱ぎはじめた。

すぐに湯殿の仕度をと女中に命じたが、岩倉は委細構わず素っ裸となった。

修理之亮は呆れ、見ようとしないでいたが、しまが平然と見つめていることに目を剝いた。

「なんともないのか、しま」

「御城の奥向では、上臈さま方はじめ皆様は裸をなんとも思われません」

「しかし、男ではないか」

「上つ方は、赤子同様をよしといたします。こちらの侍従さまは犬同然でございますなれば、もとより着物などあってないようなもの」

ふり向いた岩倉が目を剝いたので、今度は怒るかと思ったがニヤリと笑った。

「そちが湯女となり、洗うてくれまいか」

「有難くお断わり申し上げます」

どちらも負けていない中で、修理之亮は加わることもできないでいた。

湯殿から戻った岩倉が、浴衣を着ていた。似合わないどころか、滑稽に思える。烏帽子を脱がないでいたこともあるが、立居ふるまいや歩き方が公家の身にあろうとするので、ちぐはぐなのだ。

「馬子にも衣裳と申しますが、お公家さまには当てはまりませぬな」

皮肉を込めたつもりの修理之亮だが、まったく通じなかった。

「その俗言、嘘じゃ。内裏にて出入りの商人に衣冠束帯を着けさせてみたが、歩くこともままならず転けおった。身に着ける物と位は、等しいと見なければならぬ」

「岩倉さまに浴衣なんぞを召させ、申しわけなく存じます」

「なんの、湯上がりなればこれもよい」

言いながら腰を下ろすと、浴衣の前をはだけた。

「――――」

思いのほか立派ないちもつを、これ見よがしに曝け出したのである。

しまはいなかった。ここにいたなら、岩倉の股間に湯呑を投げつけたにちがいない。

修理之亮は、先代の家定も当代の家茂も知っているつもりだが、こうした露出をするような人物ではなかった。

慎みというものを知り、自身を見せつけることを嫌う将軍と思っている。が、こうした侍従を見てしまうと、帝(みかど)という雲上人(うんじょうびと)が分からなくなってきた。

百代余もつづく血脈、政ごとを司(つかさど)る幕府が入れ替わっても不変の実在は、まさに雲の中にあるお方なのである。

傍若無人(ぼうじゃくぶじん)なんぞではなく、天上天下唯我独尊(てんじょうてんがゆいがどくそん)であれば、絶対不可侵ではないか。天下びとであった井伊直弼など、足元にも及ばないのが帝なのだ。

――目の前にいる従四位下の侍従が、孝明帝と考えるべきか。であれば、頬に刀疵(かたなきず)を付けてやったほうが、幕府の威厳なり力の大きさを示せたか……。

が、もうその気になれなくなっていた。

間を外していたからである。

ものごとは、意志でなく間合いこそ肝心なのだ。

思うように事が運ばないのは、思いが足りないのではなく、好機がどこにあるか見極められないからだった。

その好機とは、誰にも見ることのできないばかりか、得てして邪魔が入るものなのである。

「粗饗（そさん）ゆえ、お口に合いますやら」

三右衛門が、女中ふたりが運び込んだ昼膳を、恐縮を見せつつ謙遜する姿に、修理之亮は目を背（そむ）けた。

膳には酒が付いていた。酌をしようとする者がいなかった。しまは、出てこない。

岩倉が盃（さかずき）を取らず旗本の妻女が出てくるのを待つのを、三右衛門が気づいた。

「これっ、修理。妻（さい）はいかがした」

「侍従さまの陽物（ようぶつ）に恐れをなし、出てこられぬのです」

「陽物とは、あっ」

膳の上に先端をのぞかせている岩倉のいちもつに、三右衛門はようやく気づいて声を上げた。

「なにごとでございますかっ」

玄関から聞こえる下男の六助（ろくすけ）の声が尋常でないのと、廊下を駈けてくる足音が一つではなかったので、修理之亮は太刀を取りに立った。

「どこにおるっ、岩倉ぁ」

賊は、京の侍従を狙ってあらわれた。

これには、岩倉具視もふるえ上がった。人を食う公卿でも、刃物を持つ力には抗(あらが)えないようだ。

修理之亮のあとについて、腰にぶら下がってきた。

「助けよ。御広敷どの」

「ご貴殿を狙う者は、なにものか」

「帝を奉(たてまつ)るこの公家に、敵は多いのじゃ」

「左様な理屈ではのうて、誰がと申しておるっ」

「公武一和をよろしとせぬ輩(やから)。おそらくは、三位(さんみ)以上にある公卿の差し金――」

言い終える前に、押し掛けた賊は岩倉を認め、躍りかかった。

修理之亮は鴨居(かもい)に掛かる槍をつかむと、柄(え)で先頭の者の喉を突いた。

「グエ」

力なく膝をついてくれたのを、岩倉はざまぁみろの目で見つめた。

この場に及んでも、怖れつつ喜べる者がいるのだ。信じがたい公卿に、修理之亮は槍の穂先を包む袋を外し忘れていた。

「いやぁっ」

喚(わめ)きながら打ち掛かってくる者を、柄で払うしかなかった。

ふりまわした槍が柱に当たり、三人目の賊の一撃を避け損なうと、袂をバッサリと斬り取られた。

が、身を立て直しながら槍の袋を外し、真っ直に突く。

ビュッ。

音とともに吹き出た血は、岩倉の胸元を汚した。

「うへ」

奇態な叫びを上げたが、公卿の目はまたもや笑って見えた。

屋内での槍は、巧みに使わないと命取りとなる。長いことで、動きが限られるのだ。

身を沈め、短く持ちながら突くことに終始することを、実戦で知った。

ふたりが倒れたので、岩倉は小躍りである。

「突き倒すのじゃ」

旗本の後ろに隠れ、声を上げはじめた。こんな男を、見たことはない。

幸いなことに、三人の賊は未熟な腕の者たちだった。修理之亮が倒した男の顔を、ひとりずつ踏んづけてゆく岩倉にもおどろいた。

騒ぎは収まったが、まだ踏みつづけている。

「岩倉さま。賊がなに者か、確かめねばなりません」

「殺せっ。生かしておいては、また同じことを致す。そちの脇差を、貸しやれ」

浴びた血だらけの姿で、半ば狂ったように賊の体を踏んで歩いていた。

が、動くことはなかった。雇われ浪人だろうが、役に立たなかったのである。

「御広敷役どの、このこと内密にできぬか」

「三名の亡骸（なきがら）、いかように始末せよと仰（おお）せでしょう」

「邸に物盗りが入り、そちが返り討ったと致す。それゆえ町方へ。むろん御広敷役どのの活躍は、帝へ伝えおく。いずれ官位が下賜（かし）されよう」

こんな公卿がと思ったが、無届で朝廷の侍従を邸に迎えたことは修理之亮にとっても不始末となる。

「分かりました。うちの者を奉行所へ走らせますが、その前に浴びた血を洗いなされませ」

「うむ」

従四位下侍従の岩倉具視は、なにごともなかったかのようにふたたび湯殿へ向かった。

三之章　横浜異人商館

一

侍従の岩倉具視は、夜の明ける七ツ刻に江戸を発っていった。

「またぞろ襲われとうないゆえ、助けてはくれまいか」

「大小を腰に差す侍では、却って怪しまれましょう。江戸の火消なれば、お役に立てるかと存じます」

「町人、なんぞで――」

「わたくしが懇意にしております新門一家の者は俠客でもあり、腕の立つ者が大勢ございます」

「新門の者は、京にも聞こえておる」

話は早かった。

もう一つ、岩倉を追って修理之亮の邸に乗り込んだ背後にいるのは、京の議奏公卿の徳大寺公純であろうと、南町奉行播磨守直々の返事がもたらされた。和宮降嫁を黙しがたしと、幕府嫌いの色濃い反骨の公卿は議奏で、侍従の上に位する帝の近臣である。

朝廷内でも、意見が割れているのだ。

諸藩がそうであるように、禁裡も一枚岩ではない。すなわち、下にある者が上の者の言いなりにならなくなっていた。

「一流の教えを受け、今日の米櫃の心配をせずに暮らしてきた上役の言うことが、正しいとは限るまい」

「民百姓こそが、国の礎。それを蔑ろにして、なにが国是ぞ」

井伊直弼が不逞の浪人たちに惨殺されたことを期に、こうした思いは一気に噴き出してきたのである。

富の偏在、世襲への疑問。そこに異人が到来したことで、長幼の序までがなし崩しを見せはじめた。

火消を左右に従えて中山道へ向かう岩倉を送りながら、修理之亮は自分のこの先を思った。

棚ぼたの栄達と、もったいないほどの妻女を得たものの、羨まれるどころか嫉妬で足を引っぱられるだろう。

将軍の側役も御広敷役も、やがて化けの皮が剝がれるのは言うまでもない。

――大事なのは、そのときだ。

思いを至らせ自邸に戻ったところに、妻女しまが待っていた。

「お帰りになられましたか、獣公卿」

獣をけものでなく、けだものと疎ましく言った。

「うむ。健脚だったよ。ひ弱な貴人との思い込みは、改めねばなるまい」

「好色というのも、加えてくださいませ」

「夜這いをされずに済んだのは、幸いだった」

「いいえ。夜分、わたくしがお厠に立ちました折、獣は裏庭に出て覗こうとしておりました」

「覗き見られたのか」

「わたくし、気づいたので小窓を開け、引っかけますよと申したのです。すると慌てもせず笑い、そもじの放てし尿なれば飲み干せるゆえ、顔を跨いで掛けてくれと」

「――」

あまりの変態ぶりに呆れたが、見つかっても動じない図太さに、岩倉具視という男の豪胆さを考えた。

高い身分を存分に利用しながら、思ったことは誰にでも言い募って止まない。

それに加えて、恥を恥とも感じないでいられる肝の太さは、地獄の閻魔も舌を巻くだろう。

東から、夜が明けはじめていた。


大奥の女中を騙っての押し込み強盗は幸いなことにつづかないでいたが、下手人の割り出しはまったく進展しないままだった。

御城から使いが来て、登城前の修理之亮は客間に出迎えた。

「皇女さま降嫁のことなれば、いまだ――」

「それはさておき、上様はしきりと異国交易を気に掛けておられます。つきましては阿部さまには横浜へ出向いていただき、直に見聞きせよとの仰せでございました」

「横浜の商館を、見て参れと」

「はい。御用船が、浜御殿より五ツ半に。お急ぎねがいます」

将軍の下命である。言われるまま汐留の浜御殿に駕籠を走らせ、幕府の船に乗った。

三百石の船とのことだが、帆柱に葵紋が刻印され、漕ぎ手は十人。修理之亮が中央の小畳に坐すと、帆を上げることなく進んだ。

乗り込んだときから今まで、誰一人ことばを掛けてこないばかりか、御用取次役を見ないよう目を伏せている。

扱いが将軍と同じだ。

確かに、家茂公の名代ではある。しかし、目まで伏せて畏まったまま無言となると、異様にすぎた。

——上様は、いつもこうなのだろう。これでは打ち解けるどころか、軽口ひとつ言えないではないか。

かつて、家定公を抱き上げた修理之亮である。近臣たちは目を剝いたが、ご当人は心地よさそうに笑っておられた。

無礼とか不敬との非難は、的外れなのである。

こうした孤独は、耐えがたいにちがいない。そこに将軍の心を思い遣る者が、一人もいないことに気づいた。

将軍をお飾りというのであれば侮蔑にほかならず、敬い奉っていることにはなるまい。

修理之亮はなんとしても、家茂公の身に血を通わさねばと頭を巡らせた。

まずは船頭への問い掛けをするかと、横浜という地について訊ねることにした。

「横浜とは、繁華なのか」

「御側御用取次さまに申し上げます。東海道神奈川宿の南に位置する寒村で、百姓も漁師も多くはございませんでした」

「が、今はちがうのであるな」

「御側御用取次さまに申し上げます。去年の六月、五箇国条約により湊まちを急ごしらえし、神奈川宿より繁華になっております」

「広いところであるか」

「御側御用取次さまに申し——」

「待て。いちいち御用云々などと申さず、話さぬか」

「叱られます」

「誰が叱る」

「船手頭さまをはじめ、御城の方々に」

「ここに役人は、おれだけ。無作法なことばをなんぞと、言わねえよ」

「ええっ」

乱暴なことばが修理之亮の口から洩れると、船頭は頭の後ろに手をやりながら、まじまじと目を向け、口を開いた。

「条約では神奈川宿で、とされたそうでございますが、遠浅で大きな黒船は近づけませんのです。となりますと、品物の積み下ろしが面倒。それに街道筋は、お大名の行列もありいろいろと……」

参勤交代があると、いっとき街道沿いは様々な規制がかかる。それを知らない異人が横切ったりすると、無礼討ちにされかねないのだ。

宿場からほど近いところの横浜村は、天然の良港なのだという。

「しかし急ごしらえでは、足りないものも多いのではないか」

「いえ、もう娼館までございます」

「商館なれば、あたり前であろう。商い処だ」

「そうではない女郎屋のほうでして、立派なもんです」

「笑っているところを見ると船頭、おまえも揚がったな」

「へへへ。はじめは、お女郎のほうが異人を毛嫌いしてまして、あっしらが揚がると、そりゃもう嬉しいほどのもてなしで。なんなら、御取次さまも——」

　笑っていた船頭は、口を押えて真面目顔に戻った。

「今は、洋妾(ラシャメン)も増えたか」

「よくご存じでございますね。洋妾なんてことば」

「豆州(ずしゅう)下田を見て廻ったことがある」

　お吉(きち)という女を思い出し、なにごとも嚆矢(こうし)となる身の辛さを考えたが、あのような女なら強さもあり、乗り切れるはずと思い直した。

「もう着きますです。帰り船は、二日後と聞いております。どうか今の話、ご内聞に」

「分かってるよ」

　水夫(かこ)たちが着岸の仕度に上がってきたので、他人行儀となった。

　陸(おか)に上がって最初に目に入ったのは弁財天の鳥居で、修理之亮は女郎屋の看板かと見てしまったが、聞けば航海の安全を託した神様だと教えられた。

「なにはともあれ、御側御用取次さまには横浜の外国奉行屋敷へ」

小役人が腰を低くして案内の先頭に立つと、道沿いにいた異人たちが一斉にふり向いてきた。

下田の公館で見た異人と大きなちがいはないが、異国の町人なのか折目正しさとは無縁の仕種で荷運びを見守っていた。

運んでいる男たちを、思わず見つめてしまったのは、半裸の男たちの全身が焼け焦げていたからである。

「阿部さま。おどろきでございましょうが、生来あの肌色なのでして、身分のかなり低い者なれば奴婢と申してよいようです」

南蛮屏風で見た憶えがあるが、本物を見て納得してしまった。あの黒い男も女郎屋に揚がるのだろうかと、余計な想像をした。

大海原を渡って異国に赴けるなら、ここで見るものすべてがおどろきなのかもしれない。

――そうだ。勝安房守どのに、土産話を聞かせてもらおう。

新門辰五郎が良く知る旗本の勝麟太郎安芳は、この春アメリカに渡って帰ってきた幕府の黒船、咸臨丸の艦長だった。

碁盤の目に似せた新しい湊まち横浜の姿は、どう形容してよいのやら、不思議な光景を見せてきた。

立派な建物が厳く見えるのは、女が一人もいないからだろう。

異国の唐物を売る側も、異人にわが国の物を売る側も、男しかいなかった。掃除をと頼まれた女中は、怖がったにちがいない。また異人の女が来ないのも、遠い異国を訪れることを不安に思ったからだろう。

そしてもう一つ、売り買いが小声に終始しているのも奇妙に見えた。

「通じないのか、ことば」

「左様です。通詞はおるのですが、足りません。もっとも、意味が分かっても、ことばには嘘が混じります」

「嘘で商いを致すと」

「商人は愛想を見せつつ、品物の良さを並べたてるのが当たり前。勝負どころは、幾らになるかだけではございませんか」

「確かに……」

江戸の町なかであっても、売買は値が決まってこそ成り立つのである。世辞も愛想笑いも、ことばが通じない分ここでは無用の長物のようだった。

「なにを売買しておる」

「売り物は勝手です。ただし武鑑ならびに葵紋の付いた物、甲冑、刀剣、兵書の類は異人に売ることならずとなっております。しかし、異国のほうからの物は制約がないようで、鴉片は別ですが大砲もあれば短砲も」

「――――」

短砲の名が出て、修理之亮は芝の一家惨殺を見たときの光景がうかんできた。

抜け荷でなくとも、わけなく手に入るのだ。

歩きながら目にしたのは、陶器や漆器、織物、小さな飾り物、ギヤマン、薬などだが、なにに使うのか分からない物も多かった。

どこの国の店も併せると百軒ではきかないほどで、直轄する幕府への運上金も馬鹿にならない額に達するはずと、修理之亮は算盤をはじいた。

商館の通りをすぎると、仮奉行所となった。外国奉行がその任にあたるが、月に半分も来ないという。

「むしろ勘定奉行どのがお見えになり、運上金を確かめておられます」

「商人どもの申請する額は、出鱈目ではないのか」

「かもしれませんが、不正が知れた場合は家財没収の上、所払いとなりますので滅多には」

儲けつづけたい商人ばかりがあつまるので、たぶんないと笑った。

「ひとつ訊くが、誰であっても物騒な短砲を買えるのか」

「止めようは、ございません。当初は禁ずべしと致しておりましたものの、異人は罰することができない決まりゆえ、約束を交して当地以外のところで売り買いをしてしまいます」

「異人は横浜より出られぬはずだが」

「小さな物ゆえ懐に捻じ込み、荷運びの水夫が」

結構な心づけを与えれば、やってしまう。むしろ誰に幾らで売ったとの書付を出させるほうが、運上金にも跳ね返ってきますと、小役人は言い返してきた。

「その書付、見せてもらえぬか」

「江戸の勘定奉行さまのところへ、一括して送ってございます。ただし、買い手の名が正しいとは限りませぬ」

女こどもでも扱えそうな短砲は、とうに出廻っていたのだ。

「いまだ月半ばではございますものの、この十日余で銭箱が三つ目となっております。あのとおり」

錠前の掛かる重そうな銭箱をチラリと見せ、成金商人と同じ笑顔をした。

役人までが商人に成り下がったことが、侍不在の世の中を映し出しているようで顔を背けた。

が、こんなことを嫌がる修理之亮のほうこそ、時流に乗れない恰好づけにしか思われない今だった。

「聞くところによれば、異国の品物より格段に優れているのが、わがほうの絹でございました。生糸です。その値は二十年前の、倍。これが異国に売る場合は、二倍半となります」

異国に送るため、国内の値も上がってしまったことに気づかないのか、それとも一文でも儲かればいいと考えているのか分からなかった。

思うに、賭場である。

熱くなった客同士が次々に賭けてゆくことで、胴元は利鞘を得るだけのことだ。

「投機とやらの名目で、博打をしやがる」

修理之亮は腹立たしくなり、湊まちをあとにした。

が、江戸に戻るには早すぎるというより、徒歩で帰るほかなかったのは御用船は二日後となっていたからだ。

「徒歩もよかろう」

異人の様子を見たところで、商人は万国共通の拝銭主義者でしかない。といって、真っ黒な奴婢を眺めるのは、気が重くなるばかりだ。

ただ一つ、長い編んだ髪を背に垂らす清国人がいたことは、上申せねばならないだろう。

黒い連中ほどの苦役ではないが、異人にあごで使われている者ばかりだった。

「異国にわが六十余州を蹂躙されたなら、われらも使役にされることを覚悟せねばなりません」

将軍にこう伝えたなら、なんと答えるだろう。

「急ぎ台場を増やし砲台を据え、神州の武威を見せつけよ」

そう言うのは、先ごろ逝去した水戸の老公斉昭でしかなかったはずと、修理之亮は見ている。

江戸から遠い諸藩の考えは分からないが、少なくとも江戸城中にある幕臣の大半は、交戦好ましからずと考えていた。

二里ばかり北の神奈川宿へ足を向けようとしたとき、ふと立ち止まった。

「短砲だ」

卑怯きわまりない飛び道具だが、太刀の届かないところにいる敵に使えるのであれば、懐にあってもわるくない。

興味も手伝って修理之亮は踵を返し、商館の建ち並ぶ通りへ向かうことにした。

ちょうど客を送り出した商人に、声を掛けた。

「教えてほしい。短砲を売っておる店を」

「あの、お役人さまではございませんので？」

将軍の名代で訪れているのであれば、とりあえず正装だった。幕臣であるなら、どこでなにを商っているかは知っているはずとの顔をされた。

「これも、お役目でな。そなたら商人がどこまで詳しく知っておるか、確かめねばならぬ」

「ご苦労さまでございます。異人商館で短砲となりますと、これはもう大方のところで手に入りますです。そこの向かいに、テイラと看板が出ておる異人の着物仕立をしておる店でも、言えば出て参ります」

「届出は――」

「されておりませんでしょう。お役所としては、出廻って困る物騒な代物ですが、買い手が言い値で手に入れようというのですから、商いをする側はどんどん仕入れておりまして……」

「言い値とは、いかほど」

「よくは存じませんけど、粗悪な物で一両。新しい使い勝手のよいものは、十両もするそうです」

「向かいの仕立屋でも見られるか」

「餅屋は餅屋でございましてね。使い方も含め英一番館という洋館が、手広く商っております」

少し先の十字路を右に行くと分かる大きな店と、教えられた。

その名が示すとおり英吉利の商社で、横浜進出第一号店だった。

大きな建物の入口には、きちんとした姿りの異人が立ち、修理之亮を見ると間髪を入れず扉を開け、軽い会釈をしてきた。

中に入ると天井はとても高く、幅広な階段が壁伝いにつづいている。

英人が修理之亮に笑い掛けながら近づき、挨拶らしきことばを放った。なんと言っているのか分からないが、友好を示しているようだ。

すかさず小柄な者が進み出て、紙を差し出してきた。

〝我求　友好的売買〟

清国人による筆談だった。

長い髪を後ろに垂らした清国人は、英人と聞いたことのないことばを交している。それを修理之亮に漢文で示してきたのだ。

余計な会話は無用と、修理之亮は筆をとると〝我求　短砲〟とだけ書いた。

ほかに客はいなかった。清国人のことばにうなずいた英国人は、真紅の幔幕の奥へ修理之亮をいざなった。

敷物で覆われた廊下を進むと、地下へ向かう階段が見えてきた。

導かれるまま下りてゆくと、柱ごとに点る洋燈に照らし出された壁一面に、鉄砲や短砲が飾られてあるのが分かった。

目を瞠る修理之亮に、英人は手近な一つを取って差し出した。

ずしりと重いが、鉄であろうそれは人や獣を撃ち殺す物にもかかわらず、精工で美しく思えた。

――掃部頭さまも、これで。

あの雪の朝の光景が、まざまざと甦ってきた。

手に取ったまま見つめている修理之亮に、英人はそれより大きい物と小さい物を出して見せた。

大きいほうは筒が細長いが、思ったほど重くなかった。

小さいほうは掌に納まるほどだが、太って見えた。

〝女用〟

おそらく護身用なのだ。女が用いるためと筆談が言っていた。

妻女しまにと、欲しくなった。獣公卿が迫ってきたなら、これで脅せと言ってやりたい。

〝五両二分付 弾丸〟

筆談は便利だが、味気なさすぎる。

壁伝いに他の短砲も見て廻った。使い勝手の良し悪しなど分からないが、英人の目を見つめた。

碧い目がぶれることなく修理之亮に返ってきたことで、信じてみようと決めた。

差し出された大きく長いのと女用の小さいの二挺を、買いたいと手ぶりで示した。

〝十二両〟

示された。うなずいて十二枚の小判を出すと、英人は一両を返してくれた。

値引きである。

大小とも弾丸を付けられ、装塡の仕方を教えてくれると、やってみろとの身ぶりをした。

修理之亮は二挺の短砲を扱いながら、これと同じ物を鉄砲鍛冶に作らせてみたくなった。

二挺は紙に包まれ、弾丸とともに風呂敷の中に納まり、渡された。

安くない買物だったが、雪のあの朝にこれがあったならと、戻りようのない時の流れを思い返した。

二

神奈川宿に出ると、街道の人通りに目を剝(む)いてしまった。

これほど多くの者が江戸へ、あるいは京大坂へ向かおうとしているのだ。人の往き来は、年を追うごとに増えていた。

商いが盛んになるだけでなく、武士とりわけ国表(くにおもて)の藩士が江戸に詰めはじめたという。

ある藩では、異人の動向を探るため。別の藩は大老が襲われる江戸になったと、藩主を守る員数を増やした。そして西国の藩の中には、藩士に専売品の販売をさせているとの話まで聞えてきた。

六十余州が混沌を見せはじめたのが、宿場に来たことで分かった。

なるほど腰に大小を差している侍はどの姿も手甲脚絆だが、野暮ったさが見え隠れしていた。

真面目そうであっても、融通に欠ける一途さが欠点となりかねない連中だ。

その点、修理之亮を引き上げた阿部伊勢守正弘は、柔軟無碍に立ち廻れる老中だった。

信念を貫き通した井伊掃部頭直弼とは対照を見せたが、どちらも国是の舵取りに巧みであったと言うべきであろう。

「この二人がいなかったなら、今ごろは列強異国に侵略されていたにちがいない」

声にしてしまったほど、修理之亮は二人の天下びとの早逝を悔んだ。

悔むと足腰に力が入り、歩く早さが増した。

神奈川、川崎、玉川を渡り品川まで一気に来ると、腹が鳴った。五里半もの道のりを脚絆もないままなにも食べずに歩いてきた。

〝めし〟の文字を目にしたとたん、飛び込んだ。

「なんでもよい、食わせてくれ」

「食うって、言うかね。お侍さま」

厚化粧の女が修理之亮の首に抱きつき、黄色い歯を剝いた。

「女に用はないっ。腹が減っておるのだ」

「どれがいいだねぇ」

「選びはせぬ」

「じゃ、あたしが相手するだよ。男前なら、たっぷり食わせてやるだ」

修理之亮の手を取った女は、土間の奥の小座敷に引っぱり込むと、修理之亮の羽織と袴に手を掛けてきた。

「な、なにを致す」

「ここへ来て、その言い草はねえだよ」

「めしは」

「んにゃ、見まちがえだ。めし屋じゃなくて、めじ屋つぅ名だよ」

「――。なんでもよいゆえ、食べるものはあろう。銭を払う。馳走してくれ」

「あんれまぁ、銭を使い果たしたお人かと思ったで、良さげな羽織を古着屋に売るのかと考えてただよ」

「とにかく飯を」

女郎屋、それも夜鷹に毛の生えたていどの女が相手をするちょんのま見世だった。

それでも半畳の押入れを開けると箱膳があり、干からびた沢庵に一膳めしと冷めた具なしの味噌椀が出てきた。

「いただこう」

息もつかずに平らげた。

一分金を出し、済まなかったと女の膝に載せた。

「こ、こんなにも……」

「おまえさんの大事な一食を奪ったのだ。受け取るがよい」

「貰ってもいいかね。なれば思いっきりもてなすだよ」

「それは、またのときにねがおう。今日は急ぎだ、御免」

まだ若そうな女だったが、脚の至るところが蚊に食われた跡。おへちゃである上に、肌が荒んでいた。興醒めゆえだった。

申しわけないが、瘡が伝染るとの怖れがその気を削いでしまったのだ。

こうしたところの安女郎は、当人も先が長くないのを知っている。それなのに、明るくふるまうのだった。

手渡した一分金も、情夫(いろ)に持っていかれるだろう。それすらも仕方ないと、乗り越える女たちなのである。

今朝見た異人の真っ黒な奴婢(ぬひ)を、こうした女に重ね合わせたが、どうすることもできない自分がいた。

どうしても己(おの)れを責めてしまう。いい加減に生きようとしたのではなかったかと、自分に呆(あき)れた。

横浜村からずっと、街道の右手は海だった。見えたり見えなかったりはしたものの、見えてしまったことで己れの小ささを感じたのかと気づいた。

とんでもないものと比べていたかと笑えたのは、海の見えなくなった芝神明(しばしんめい)の町家(まちや)に入ったときだった。

一家惨殺の太物(ふともの)問屋があった町で、短砲(たんづつ)が使われたところである。

縁起がよろしくないと、橘屋(たちばなや)そのものもすっかり取り壊されていた。

そこに娘が花を供(そな)え、手を合わせているのを見つけた。親戚かと眺めていると、目が合った。

埃(ほこり)にまみれていた修理之亮の恰好を見て、慌てた素ぶりを見せた。

「橘屋の、縁者であるな」

なに者かと正面切って問うと、白を切られることがある。問い詰めるかたちとなったが、うなずかせることができた。

羽織袴の侍が、町娘と往来で立ち話をするわけには行かない。といって、曖昧宿に連れ込むのも、番屋へ参れとうながすのもできないことではないが、したくなかった。

こうしたときは、別の女を同伴させれば、少しだけ緊張が和らぐものである。

稽古帰りか、芝の芸者がふたり通りかかってきた。

「済まぬが、蕎麦屋に付き合ってもらえぬか」

身分のありそうな、それでいて四角四面の役人とは大ちがいの、よさげな侍である。ふたつ返事で、ついて来てくれた。

年増芸者と若い芸者だが、昼日中の武士と町娘をわけがありそうだと、口を挟むようなこともなかった。

これも江戸者の心意気である。

小座敷に上がった修理之亮は蕎麦を注文すると、外れても構わないつもりで、いきなり行方知れずの元奥女中の名を出した。

「清乃、の縁者であろう」

「え、えっ……」

眼が泳いで、修理之亮は当たりを引きあてたらしいと嬉しくなった。

「どこにおるのか。もしや、そなたは清乃に頼まれて花を供えに」

「――――」

「番屋へ突き出そうというのではない。清乃のことをな、瀧山さまというお方が大層気に掛けておられてな」

「はい」

瀧山の名は通じないようだった。ならばと、お邦の名を出してみようと修理之亮は、これ見よがしに坐り直しながら、娘の目を覗き込んだ。

「お邦がな、清乃を探しておる」

「えっ。そんな……」

言ったなり、娘は唇をわななかせはじめた。

尋常ではない様を見て、永の宿下りをして行方の分からない元奥女中ふたりがつながっているらしいと見えてきた。

注文した蕎麦が来た。娘は箸すら手に取らず、ずっとうつむいたままだった。

さて、どうしたものかと考えた。

目の前にいる娘は、清乃の居どころを知っているのだ。案内せよと言ったら、どうするだろう。

二度あることは三度と、膝を乗り出した。

「おれを清乃のおるところへ、連れて行ってはくれまいか」

「駄目ですっ」

首をふって断わる様は、なにかに怯えているように見えた。

「なれば、番屋へ——」

脅したことばを口にすると、ずっと黙っていた年増芸者が口を差し挟んできた。

「いけませんでしょ、お武家さまが二言をなすっては」

「左様、武士に二言があってはなるまい……」

修理之亮は、どうにも困った。花を手向けたのが男であったなら、なんとしてでも吐かせただろう。

しかし女には、遠慮というか気後れをしてしまう癖があった。

今このときほど絶好の機会はない。天が恵んでくれた巡りあわせのときだ。

横浜の検分をと将軍の命を受け、出向いてみたものの大した収穫がないと帰ってきてしまった。品川宿の女郎屋でつかまったが、道を急いだことで惨殺現場に花を供える女と出遭い、こうして大きな糸口を摑んでいる。

「詰めが甘い」

井伊直弼なら、こう言って笑うだろう。

魚釣りで大物を釣り上げたものの、逃げられてしまう男。それが修理之亮だった。

「ねぇ、娘さんは脅かされてるんじゃないの、誰かに」

思いもしない助け舟が、芸者の口から洩(も)れた。修理之亮は縋(すが)りつくほどの目を、年増に向けた。

娘が頑(かたく)なに首をふっているのは、そのとおりだと言っているも同然である。

「いいわ、仕方ないもの。このままお帰りなさい。このお侍さまがあなたを追って行かないよう、あたしたちが見張っててあげる。さぁ、お行きなさい」

芸者ふたりに左右から取り付かれ、修理之亮は振りきって出ることもできなかった。

いや、振りきることなどわけもない。しかし、真の武士がすることではないと、気の毒な娘への同情が勝っただけである。

「偉いわね。お武家さまには、感心しちゃった。今どき、あなたのような江戸っ子侍は見かけません。じゃ、これで」

芝の芸者は名も言わず、出てしまった。

蕎麦が二枚、手つかずのまま残っていた。腹立ちまぎれに、二枚を食べた。

「おい、勘定だ」

「結構でございます。先程の姐さんから、頂戴しておりますよ」

「………」

女のほうこそ江戸っ子だった。

三

日が暮れかかっていた。

登城するには遅いと、修理之亮はそのまま浅草の新門一家に行く気になった。蕎麦屋に連れ込んだ娘のことを伝えておけば、手掛かりの一つになるかもと踏んだからである。

辰五郎以下、みんないた。

「秋祭が近いんでね、みんな浮かれておりますです」

「酒と女と喧嘩が、一家の十八番であった。ところで、例の小僧はいかがした。國安」

「二年早ぇといった吾助ですか」

「吾助と申すか、姉を女郎に売った敵をさがしている小僧は」

「もうじき、帰って参りますでしょう。それなりに使えましてね。例の飯田町の津山って御家人の家を張らせてます」

元奥女中お邦の実家だが、火消連中がうろつくと苦情があり、だったら吾助を納豆売りに仕立てて、人の出入りを探らせることにしたという。

「役立ったか」

「へい。納豆も売ったそうでして、台所に顔を出したと威張ってます」

「ただいま帰りました」

甲高い声は吾助で、修理之亮を見ると小さく舌を出した。

「新門一家の一人になったのか」

「いいえ。まだ見習にもしてくれません。けど、三度の御飯はいただいてます。寝床と」

「上出来じゃねえか。で、飯田町の御家人のところの今日は、どうであった」

「七ツすぎ、台所女中がどっかから帰ってきたんですけど、キョロキョロ周りを見廻しながら、ちょっと変でした」

「ん。どんな女であった」

「ありきたりの縞物で、帯は海老茶」

「その女中の背丈は」

「五尺とちょっと。髪にいつも珊瑚の五分玉の簪を挿してますけど、紛い物に決まってます」

「——。それだ」

「修理の旦那。いきなり立ち上がって、どうしなすった」

「ずっとうつむいたままの女のは、珊瑚だ。本物のな。帯が海老茶も同じである」

とんだところに幸運が舞い込んできたのである。

「でかした。吾助」

橘屋から失せていた清乃は、お邦の実家にいる。あの女中は清乃に頼まれ、花を手向けに行ったにちがいない。

——ふたりは示し合わせ、押し込み強盗に加担したか。いや、脅されて仕方なくかもしれぬ……。

潜んでいるのが御家人のところとなれば、若年寄配下の目付の監察によって立入ることはできる。

しかし、大奥の仲間として気の毒な清乃を引き取っているのですと言い返されてしまうと、目付は引き下がざるを得ない。

「吾助。なんとかして、その女中を外に連れ出せぬか」

「おいらじゃ、納豆売りがと馬鹿にされるだけだ」

「女中の好みは、なにか分からぬか」

「よく役者絵を見ていた」

「芝居だ。小菊（こぎく）と申したな、中村座の。あれを出汁（だし）に使って、芝居小屋へというのはどうであろう、國安」

「どうでしょうね。無役の御家人とはいえ幕臣の雇われ女中が、芝居見物を許されますでしょうか」

「お邦と清乃、家の女たちも一緒にと、誘ってみよう」

「駄目もとでやりましょう。おぅ、中村座へ行って小菊を呼んで来い」

中村座の猿若町は目と鼻の先、芝居はもう跳（は）ねている時刻。若い女形（おんながた）はすぐにやって来た。

翌朝早く、納豆売りの吾助と役者の小菊は連れ立って、飯田町の御家人津山のところへ出向いた。

若いふたりを従兄弟(いとこ)とし、芝居茶屋につけてあった座敷が一つ余り、どうしてもお武家さま一家が埋めないとならなくなったことにする。

「ついては従兄(いとこ)が唯一知るこちら様に、おいでねがえればと参りました」

「済みません。この従弟の小菊が、ヘマをやらかしちまったんです。いえ、お代はもう払ってあり、芝居は明日でございます。ご迷惑はまったく……」

芝居、それも茶屋の接待まで付いての誘惑は、なににも勝るものだった。

新門辰五郎の名であれば、芝居茶屋をつけるのはわけなく、そこで最初に押し込まれた楠岡屋(くすおかや)にいた小僧の音松(おとまつ)に、女の首実検をさせる手筈(てはず)までお膳立てした。

強盗を伴って呉服屋の大戸を開けさせた女の、面通しをするのだ。

廃業を余儀なくされた呉服の楠岡屋だが、音松はもう扇子屋(せんすや)の弟子となっている。

江戸は気の毒な者と見ると、引き取り手が必ずあらわれた。

その日まで、修理之亮は御用取次としての公務をしなければならない。

辛かったのは、大老だった掃部頭の井伊家に減封がなされるとの幕府評定所(ひょうじょうしょ)での決議を、将軍へ上げる取次ぎだった。

「昨日、評定所にて井伊家五万石減との評決がございました」

「五万とは、少なくないな」

将軍家茂(いえもち)はそちも賛成かと、目を向けてきた。

「なんと申し上げてよいものやら、分かりかねます」

「掃部頭の進めし政(まつり)ごと、いささか強引であったとは聞くが、まちがっておろうか」

「さて、わたくしめがごとき者には……」

「左様か。なればこの一件、余は裁可せぬままにおく。改めて評議をせよと、申し渡す」

「承知致しました」

嬉しかった修理之亮である。神州日本を救った大老を罰することを、承服しかねていた。

――上様も、認めておられたのだ。

「ところで、修理。横浜はいかがであった」

「異人との交易、これから増々盛るものと見て参りました。生糸が一推(いちお)し、二推しはとなりますと、短砲(たんづつ)ではないかと」

「いかような物である」

「この場へ持参と考えましたものの、こちらへ入る折、身改めにて取り上げられております」

「余も見たい」

　家茂に命じられ、小姓が短砲二挺(ちょう)を捧げてきた。

「鉄砲の類(たぐい)であろうが、小さいの」

「はい。しかし、威力は鉄砲に劣りませぬ。そればかりか、弾丸(たま)を六発までつづけて撃てるのでございます」

「戦(いく)さの場で使えるのか」

「いいえ。標的が遠くなるところでは、役立ちません」

「脇差のようなものと考えるなれば、切腹の代わりに使えるな」

「上様ご慧眼(けいがん)、まことに恐れ入りまする」

　並の将軍にはない発想に、修理之亮は舌を巻いた。

作法に則るまでもなく、腹を切らなければならないときはあり得る。脇差を払って帯を弛めているあいだに、斬られてしまうこともあるのだ。

短砲であれば耳に押しあてて、引き金に手を掛けるならわけもない。

――ましてや、痛みを伴わずに済むのなら……。

修理之亮は護身用にと考えていた短砲に、ほかの使い方があることを教えられた。

「が、民百姓ばかりか女こどもまで手に入るとなると、どうであろうな」

「値も五両以上と張りますゆえ、出廻るとは思えませぬ。まずは、買い手の名と居どころを――」

「悪党は、盗むであろう」

「――。まことに、仰せのとおりにございます」

登録管理など、どれほどしたところで役に立たないことがあると、ふたたび気づかされた。

老中をはじめとした幕閣にある者は、将軍を補弼すべく配されている。しかし、家茂に限れば上意下達であってよいと、修理之亮は末永く侍りたいとねがった。

「今一つ、修理が耳に致せし話を教えよ。京の姫君、下向すると見るか」

「……。和宮さまのご本心は聞こえて参りませぬものの、侍従らはそうすべく働きはじめておると見ております」

「侍従ごときでは、心もとなかろう。太政大臣なり関白らの考えは」

「そこまでの方々の意向がどのようなものか、わたくしには分かりませぬものの、先ごろあらわれました侍従は……」

傍若無人にして助平きわまりない公卿は、裸で酒を呑み覗き見までしたと言いたくなった。

「いかがした。侍従は、いかなる者」

「精力旺盛にして公武の和合を旨とする公卿は、徳川家の役に立つと見ました」

「名は」

「岩倉具視さまと申されます」

「そうか」

他の二名の取次役がいない中でのやり取りだったことは、よかったのかどうか。修理之亮には判断もつかなかった。

芝居見物の日となり、修理之亮は朝から中村座裏手の茶屋に出向いた。

大店の内儀や娘たちは着飾って、はじまる前からソワソワと廊下を往ったり来たり。

「お役者は、朝から茶屋には来ませんぜ」

茶屋の男衆が言っても、もしかしての心もちが女たちの落ち着きのなさに拍車を掛けていた。

そこへ仕度をした小菊があらわれたのだから、ちょっとした騒ぎとなった。

「音羽屋の小菊さんじゃないの？」

「ひゃっ、可愛いぃ」

舞台衣裳の禿姿であれば、いやでも人目を惹く。衣裳に触れる娘にも、小菊は会釈しながら笑う。

すると娘の母親らしいのが、小さな役者の首すじに舌を這わせた。

「いけませんですよ、お内儀さま。白塗りが剝げちまいます」

男衆がたしなめたが、ペロリと舌なめずりをした内儀は、涎を垂らしそうだった。

――ここにも、女岩倉がいるか……。

修理之亮は、妙な納得をした。

た。

「津山さまご一行、お部屋に」

襖一枚隔てた座敷には、女ふたりが入ったようである。

廊下に立っていた音松は、入ってくるなり首を横にした。

「どちらも、あの晩の女ではありません」

納豆売りとして顔を知る吾助は、五分玉の簪を挿しているほうが女中だと言った。

すると、もう一人が清乃かお邦ということになる。

修理之亮は男衆に、まだ揃っていないのかと訊ねさせることにした。

「われら二人のみ」

襖ごしに、はっきりと女の声がした。

音松が首を傾げている。

「いかがした。音松」

「声が、あのときのと……」

「二人のみと答えたのは、どっちだ」

修理之亮は確かめたくなり、男衆に話し掛けてくれと頼んだ。

廊下に出た音松は、男衆に受け答えしている女中の声が似ている気がするが、やはり顔がちがうと言う。

するとと小菊が立ち上がり、お部屋に挨拶をして参りますと出ていった。

「本日は無理をお聞き届けいただき、まことに有難うございました」

「まぁ、昨日の……」

話が弾んでいる。どうやら仕掛けてみたものの、外れたようだ。無駄なことだったと、修理之亮は帰るつもりになった。

そこへ小菊が舞い戻り、修理之亮たちを、階下の大座敷へいざなってきた。

上気した面もちの小菊は、小声ながらもしっかりとした口調で話しはじめた。

「あの二人、お探しの清乃とお邦だと思います」

「顔がちがうと、なったのではないか」

「役者ゆえ分かることがございます。二人とも、わたくしと大差ない鼻のかたちをしておりました」

「どういうことである」

「化粧は、目の大きさや口のかたち眉など、いくらでも作れます。でも、鼻ばかりはそうそう誤魔かせるものではありません。以前、わたくしに似ている奥女中だったと申されました。あの二人、御城におられた時分はずっと化粧をされていたのではありませんか」

「――。顔だちは化粧で」

修理之亮は、妻女しまが大奥の女は化粧上手と言ったのを思い出した。

「しかし、清乃は橘屋の後妻に納まった女であろう」

「丸髷を島田に結い直すのは、わけもありません。修理さまが橘屋の跡地で花を手向けていた女中は、おそらく清乃ではないでしょうか。いっときでも亭主としていた男が、殺されたのだとすれば」

「でかしたっ。小菊」

辻褄が見事に合い、大奥女中の名を騙った押し込みの糸口が見えてきた。

修理之亮は御城へ走り、若年寄を通じて目付に御家人津山のところへ踏み込んでほしいと伝えた。

「まちがいなかろうな、阿部どの」

「芝居小屋に、駕籠二挺で乗りつけてきた女ふたりです。無役の御家人に、駕籠は贅沢にすぎます。叩けば埃の出そうな幕臣、万が一外れても、でございます」

将軍御側御用取次の要請は、ふたつ返事で通った。

四

そのまま飯田町の津山家へ目付らが駈けつけ、女ふたりが帰るのを待つまでもなく、津山仲次郎は小伝馬町の牢へ送られた。

目付からは、床下に五百両ほどの小判が封も切らずに眠っていたとの報告があった。

小判の封印は、襲われた店のものと合致したとも伝わってきた。

が、牢にある津山仲次郎は、攘夷を掲げる西国の脱藩浪士に脅されてと、言い張っているという。

「わが妹、お邦も脅されてのこと。むろん拙者も、押し込みに加担はしておらぬ」

「奪った五百両は、なにゆえ飯田町の家に」

「重い小判の山を懐に、遠くへ逃げるのは厄介と申し、いずれ取りに参ると――」

「嘘ではなかろうな、津山」

「月末に下肥取りに扮して参上つかまつると、申しおった」

「なにゆえ幕臣であるそなたは、西国の浪士に加担せしか」

「取り分を一割、背に腹を代えられなんだゆえ……」

牢奉行石出帯刀を交えた目付の取調べに、御家人はうなだれたという。

一方、女牢に押し込まれた元奥女中の清乃とお邦は、不貞腐れているとのことだった。

「御城から永の宿下り、女なれば引く手あまたであったろうに」

「大店の後妻に納まりましたものの、別人とまちがわれ……」

化けの皮が剝がれたことで、亭主の女郎買いがはじまったのだ。

お邦に至っては、顔だちばかりか鼻持ちならない性格ゆえ、縁談話が途絶えたようである。

「兄が欲をかき、ほどよいところで手を打とうとしなかったのです」

唾棄したようだった。

もぬけの殻となった飯田町の御家人邸に修理之亮に来ていただきたいと、目付頭がねがい出てきたのは月末の二日前である。

「わたくしが、なぜ」

「なにを隠そう、上様よりご下命があり、西国の脱藩浪士であるなら、短砲を携えてくるかもしれぬとのことでございました」

　将軍を護衛する目付が、飛び道具を用いて捕縛するのは卑怯とされる。そこに短砲を持った侍が居あわせたことにすれば、取り逃がしはしまいというのだ。

「上様のとあれば、同行致すほかございません」

　それにしても家茂という将軍はと、修理之亮は聡明さにふるえるばかりだった。


　御家人、それも五十俵三人扶持の津山の家は黴くさかった。

　仲次郎に妻子はなく、両親もいない。妹が大奥に入ったのはいいが、半年もたたず将軍薨去。呉服之間の古参だったとは歳が二十五だったからで、妹お邦を大奥へ上げるため、兄の仲次郎は高利貸に借銭までしていたと分かってきた。

　なんとも凄まじい生き様の幕臣は、もろに時代を映している。

　銭がないのは、首のないも同じ。

　言い得ているが、虚しくなってきた。とはいえ、修理之亮も御広敷役という運が巡ってこなければ、いまだに毒見役のまま腹を空かしていたかもしれない。

　そういえば、清乃にも実家があるはず。話に出てこなかったが、お邦と大きなちがいはないかと考えないことにした。

奥座敷に、修理之亮ひとり。

台所の床下、裏の物置、居間の押入れ、厠、湯殿……。そこかしこに襷掛けの目付が、鯉口を切って控えている。

世間が寝静まった四ツ半になっても、それらしい賊はあらわれなかった。

——御家人の、嘘八百か。

夜明かしになるかと、手枕で横になったときである。

プンと匂ったのは焼酎でないか。酒とちがい、独特の香りがあることを知っていた。

九州に多いとかで、修理之亮も二度だけ相伴にあずかったことがあった。

が、足音ひとつない。匂いは失せた。じっと息を詰め、次に起こるであろう変化に備えた。

風とは思えないなんらかの気の流れが、額に触れてくる。

「ここだ。ここだよ」

声は上から降ってきた。

薄灯りの中、見上げたところの天井板が一枚外された。

顔を上げた修理之亮は、黒装束に身を包んだ男と顔が合った。

「おどろくものではなかろう。この家のおおよそは、確かめてある」

「いつ入って来たのだ」

「半刻前だ」

「なにゆえ表から堂々と入って来ぬ」

「人目を気にすることは、そなたとて知っておろう。約束のもの、出してくれ」

「重いぞ」

「分かっておる。外の路地に、下肥の大八車を置いてある。さぁ出せ」

天井から飛び降りた黒装束は、修理之亮を見て声を上げた。

「誰だ、お前はっ」

「津山の、身代わりだよ」

ドタドタと廊下を駈けてくる足音は、目付たちだけでなく、賊の一味も混ざっていた。

「やぁっ」

バサバサ、チャリン。

鍔迫り合いが、はじまった。

「う、裏切ったなっ」

唐紙が破れ、倒れてくる。わずかな灯りの中、いくつかの白刃が躍るのが見えた。

そこにパンと音が立ち、動く人影が止まった。

「これがなんであるか分かろう。渡来物の短砲と申す得物だ」

「…………」

「罠に掛かったことは認める。しかれども、われら縛につくつもりはない。命が惜しいなら、われらを通せ。攘夷の志士なるぞ」

黒装束は仲間を背後にあつめ、横歩きに玄関へ向かいはじめた。

「近づくでない。寄らば、撃つ」

パン。

引き金に手を掛けた修理之亮が手にしたほうの一発が、黒装束を崩折れさせていた。

残る三人は、難なく捕えられた。

あまりに呆気なかったことに、修理之亮は悄然となった。

これが新しい闘いか。

腕前より、早いことが勝ちにつながる。女こどもでも、大の男を負かせるのだ。

そしてなにより、攘夷を掲げる西国外様の浪人が、すでに短砲を手に入れている……。

「阿部さまのお働き、見事でございました」

目付の一人が、さも手柄のように褒めるのも空々しかった。

五百両あまりを手に入れるため、商家の者が十人以上も殺されている。その五百両は、すでに幕府御金蔵に入っていた。

なるほど自分の大手柄かもしれない。

しかし、西国にある攘夷連中は、仇討ちに走りはじめるだろう。

――六十余州で仇討ち合戦となる。

仇討ちのことばで、姉を女郎に売られた吾助の顔が浮かんできた。

売られる身というのなら、帝の妹も同じであろう。とすれば、許婚の約束を交した有栖川宮も、いつか仇をと思うなら厄介な話になろう。

進むべき道〝国是〟が、どうにも定まらない。

銭さえあればの捨て台詞の横行は、人を卑しくさせるばかりだった。

「おれだけ、のうのうと……」

「今なんと仰せですか、阿部さま」

「まだおったのか」

「撃たれた黒装束を運び、捕えし者および身元を確かめるものなど探らねばなりませんので」

「それが仕事だったな。おれは、この短砲とともに出頭すべきか」

「いいえ。それは明日でよろしいかと存じます」

「左様なら、ひとまず」

「ご苦労さまにございました」

深々と頭を下げられて見送られるのを、修理之亮が心苦しく思っているとは考えもしないだろう。

寝転がって一発パンと放っただけで、褒めたたえられたのだ。

夜の町に出た。といっても飯田町の御家人街は、ひっそりと闇に包まれているだけだった。

「捨て児ひとつ置けねえ貧乏街が、飯田町だよ」

江戸に〝人のわるいは飯田町〟との俗諺(ぞくげん)がある。正しくは〝粋(いき)は深川、勇(いさ)みは神田〟これにつづくことばなのだが、貧しい御家人が多い町は情も薄いというわけである。

「当たってるぜ、押し込み浪士の助太刀をする御家人がいたのだから」

人っ子ひとりいない屋敷街を、酔ったように歩いた。

――このままでは、徳川の世が終わる。

思いもしないことに、考えを至らせてしまった。

そんなはずのあるものかと、打ち消そうと躍起になれば却って当たっているような気になってきた。

「二百数十年ものあいだ、不動でありつづけたのではないか。誰が取って代われるのだ」

つぶやいた。その眼が見たのは、御家人邸の傾いだ門と穴のあいた塀である。が、枯れた松を見て、怖くなった。

「暗いから、そう見えただけであろう」

どちらであっても、闇にちがいなかった。


番町の自邸へ、重たい足取りで歩いた。

当節は燈油をけちって、常夜灯の数を減らしている。どこもかしこも、見通しの利かない江戸なのだ。

武家屋敷の角を曲がると、煌々と篝火のような明るいものが、修理之亮の眼に入った。

「おれの、家か」

表門がいっぱいに開かれていることに、眼を剝いた。

――上様が、お成りになられ……。

走った。飛び込んだ。

そこに顔を見せたのは、父の三右衛門である。

「遅かったのは、御役ゆえであろう。御城へ人を送ったのだが、登城しておらぬと――」

「父上。なにがございましたのですっ」

「旗本二千二百石、どうやらつづきそうである。喜べ、しまが懐妊いたした」

「ま、まことでございますか」

「まちがいないそうだ。もう三月めになるらしい。ようやく、わしも爺さまじゃ。おまえも三十ちかくになってようやく――」

三右衛門のことばを背に、修理之亮は玄関に草履を脱ぎ散らして入っていった。

しまと母が、笑い掛けてくる。

「寝ておらんで、よいのか」

「病では、ございません」

「そうであったな」

嬉しいのとはちがう。喜ばしいことではあるのだろう。なんとも言いようのないことに、少し狼狽えた。

ほんの少し前まで暗く沈んでいた心もちに、小さな火が灯ったと言えばいいのだろうが、もっと別の、考えれば考えるほど不思議なものが、宿ってしまったようだ。

犬や猫、鼠や烏さえも、同じことにはなろう。が、修理之亮は自分には無縁なことと子どもを漠然と考えていた。

己れのことは、己れが始末をつける。

精いっぱい生きるつもりだった。それ以外のことを、考えずに生きてきた。

そこに、わが子。これをどうすればよいのか、分からなくなった。

人を短砲で撃ち殺したばかりの身にとって、新しい命が生まれ出てくることが、業であるかのごとく迫ってきた。

親たちは表門を開け放って、家の継承を寿いでいる。その当主たる自分は、死から生への切替えができないのだ……。

「申しわけございませんでした。子が遅くなりましたこと、お詫び申します」

「えっ。なんのことか」

「いつまでも、待たせてしまったこと」

「詫びるものではあるまい」

「あなたは、困ったようなお顔をなさってます」

「そう見えるか」

「御城で、困りごとでも」

なんと答えたらと思ったところに、母るいが顔を出した。

「わが子ながら妙なところが、修理には昔からありましてね。わけも分からないことを、考え込んでしまう癖。気にしては、疲れるだけですよ」

女ふたりが笑った。

四之章　ヒュースケン

一

泣いた子が、もう笑う。

朝日が昇る前に起きた修理之亮（しゅりのすけ）が、人が変わったかのごとき陽気を見せたのはいうまでもない。

「やっぱり奥さまにお子ができたとなりゃ、嫌なこと辛いことも消えるものよ」

「あたしらみたいな者には縁のない子どもって、嬉しいんだろうね」

女中のおひさとおたきは、ふたりとも亭主運に恵まれなかった。

おひさは早死され、おたきは亭主に殴られっ放しの末に追（お）ん出たのである。

武家に女中奉公する女は、こうした連中が多くいた。

兄弟の世話になるのを気にするのと、男なんてコリゴリという女たちである。

「でも、年老いて働けなくなったら」

こうした考えをする者は、多くない。覚悟があっての武家奉公であれば、己れの始末は自身でつけられるのだ。

「遠い親戚の者がいよいよとなりましたので、お暇をいただきとうございます」

言われたほうも、それと察して暇金を手渡し、今までの労いを言い渡す。

「おまえにも、長いあいだ世話になった」

互いに涙は見せず、淡々とした別れをして見せるものと決まっていた。

もちろん遠い親戚の話は嘘だと、知ってのこと。

行く先はなく、お遍路の旅をしつつ途中で行倒れとなるのが、上々吉の一生と言えた。

が、そうそう思いどおりにならないのが人生。運なく奉公のさなか中風に倒れる者もあり、突然動けなくなることもある。

小石川養生所には、幕府の薬草園裏手に身寄りのない年寄りを看る別棟があった。

大奥御年寄瀧山の発案で、幕臣の奉公女だけとされていたが、昨今は町人も増えはじめたという。

「女は、渋(しぶ)てぇからな」

下男六助(ろくすけ)のことばだが、男のほうは老いて倒れても、女が世話をしてくれるのだから、いい気なものである。

なんであれ、有り難いことに修理之亮の家は、しばらく働けそうな奉公人ばかりだった。

修理之亮の登城は、まず御座之間の控(ひかえ)部屋に出向き、将軍への取次ぎを終えてから広敷に詰める毎日となっていた。

ちなみに、今日はこうだった。

「種痘(しゅとう)と申す大病にならぬための治療が、ようやくに広まってございます」

「蘭方であったな。はじまりは怖がる者が多く、不人気であったと聞く」

「はい。しかし、効能が知られるようになり、今では子をもつ親はみな――」

「修理のところも、いずれはせぬとな」

「ご存じでございましたか、わたくしめのところに子ができることを」

「めでたいの」

「恐れ入りましてございます……」

「ところで、攘夷を掲げる者たちのその後、いかなることに」

「――。引きつづき八方手を尽くしておるようですが、西国諸藩の者に多いゆえ、なかなか……」

「大奥より下がりし女が加担したとの話、安寧とは申し難いな」

「御広敷役の身として、まことに――」

「そちばかりに責めを負わせるつもりはないが、綱紀が弛んでおる気が致す」

「御年寄さま方ともども、昔に還るべく粛清に努めて参ります」

「粛清とはまた、おだやかならざる言い方を」

「たび重なる失言、恥じ入る次第にございまする……」

修理之亮は下がった。

それにしてもと、将軍家茂の聡明さを思い返さざるを得ない。

先代家定が病の床にあった折、水戸の老侯はじめ親藩の多くは世子として一橋慶喜が壮年ゆえに適していると言い張った。

しかし、大老の井伊直弼は読んでいたのだ。

「強気なだけの斉昭の子は、思いもしないことをしでかすのではないか」

直弼は家茂を将軍にし、結果はご覧のとおりである。

すべてが正しかったとは言わないまでも、直弼の舵取りはそれなりの成果を見ていた。

が、攘夷という異人排斥（はいせき）に関しては、誰にも目が届かない展開となりつつあった。

アメリカをはじめとする異国の公館が、江戸城近くに迫っていたのである。ほとんどが寺を貸すかたちで、江戸市中の外ればかりではあった。それは騒ぎが起きても、御城には及ばないとの配慮からなのだが、その分、警固が手薄になっているのは否（いな）めない。

異人。

とりわけ公館に勤仕する白人とは、面と向かったことのない修理之亮だった。

——さて、誰なれば余計な思い込みをせずに語ってくれるだろう……。

思い出した。新門辰五郎（しんもんたつごろう）は、この正月品川沖から咸臨丸（かんりんまる）に乗って遣米使節の一人としてアメリカに渡った旗本、勝安房守安芳（あわのかみやすよし）の面倒を見ていたではないか。

相変わらず一家の表口は、塵ひとつないまでに掃き清められている。

「あ、いらっしゃいまし」

修理之亮を見止め、頭を下げてきたのは吾助だった。

「もう一家の者と変わらねえな、吾助」

「へい。小頭の國安兄さんが、姉さんの仇討ちを止すなら、火消見習にしてやってもいいって」

「仇を討つのは、止められそうか」

「分からねえけど、人を殺すのは良くねえのかなって気がして……」

姉を女郎に売られた経緯は、吾助にも分からないのだ。親が借銭に追われた末か、破落戸が無理やり攫ったなら別だが、売りとばすという話は江戸ではまずなかろう。

一家に寝床をもらったことで、吾助は世間を少しばかり知ったのかもしれない。

もっとも、人を殺すのは良くないとのことばに、修理之亮は思うところがなくはなかった。

侍であれば、無礼討ちは許される。身を守るときも、背ごしに斬り掛けられるときも返り討ちができた。しかし、と考え込んだ。

「頭を呼べばよろしいのですか」

「おぉ、そうであった」

過ぎ去ったことよりも、この先のことをとやって来たのを忘れていた。

居間に通され、いきなり酒が出てきた。

「まずは、おめでとうございますと申し上げねばなりませんや」

「知っておるのか」

「知るも知らぬも逢坂の関ってやつで、もう耳に入ってます。修理の旦那も、いよいよ人の親」

「脅かしやがる。半年先も見えねえ今は、子の先行きも不安だらけ。それが悩みの種だよ」

「それを言い出しちゃ、切りがねえ。五体満足に出てきても、親のほうが早逝するところもあります。けど、次がつながったと考えりゃ、万々歳でしょう」

　酒が注がれ、呑み干した。

「ところでなのだが、勝安房守どのを知っておろう。ここで、逢えないものか」

「同じお旗本同士、どちらも新進気鋭。どこであっても、堂々と逢えるじゃござんせんか」

「だからさ。口さがない連中が、なんのかんのと」

「そうでしたっけね。御広敷役であれば、大奥がなんで軍艦奉行並をと。ましてや御側取次役としてなら、上様がなぜとなりますか……。へい。すぐに手筈をととのえましょう」

　國安が呼ばれ、勝さまをとなった。

「今日の今、来ていただけるかな。忙しくしておられるのではなかろうか」

「なぁに、勝の旦那もおまえさまと同じで、つまらねえ仕事をしないお方です」

「つまらぬ仕事とは」

「誰でもやれそうなこと、印判をつくようなね。けど、江戸にいらっしゃらねえ日も多いようで、このあいだも播州の神戸てぇところに軍艦の操練所を作るんだって。いけねえ、口止めされていた話だった」

　辰五郎が口を押えて笑っているのが、勝安房という旗本の懐の深そうな人柄が見て取れた。

「おれも勝どのも、いい加減ってことか」

「いい加減じゃなくて、よい加減と参りやしょう」

　知らぬまに、鯛が一匹塩焼きで出てくると、芸者が三人呼ばれてきた。

「昼間っからってぇのは、どうもな」

「こうでもしねえと、勝の旦那は来ません。國安だって向こうで、芸者が待ってますからと言ってます」

「えっ」

「おどろくには、及びませんや。どなた様かのように、馴染みの見世が吉原にあったりしません」

「そ、そうか」

新門辰五郎にあっては、旗本も形なしである。芸者に煽てながら酌をしてもらいながらも、三人の中ならどの女かと値踏みする修理之亮だった。

辻駕籠を乗りつけてきた勝安芳は、着流しに脇差ひとつ。

三十八になると聞いていたが、きびきびした立居ふるまいと細面で小柄な背丈ゆえ、若く見えた。

「まだ百日ちかくも外海にあったもんで、陽灼けが収まらねえ。修理さんだっけな、噂は聞いてるぜ」

修理之亮なんぞより、十分すぎる江戸っ子である。べらんめぇ口調が板についているのは、生まれ育ちの差だろう。

安芳は下町に育った小身の幕臣で、曽祖父は座頭貸で財をなし、御家人株を買った。

一方の修理之亮は小身の旗本ながら台所方の毒見役を代々つづけ、城中から動かない幕臣である。

人材登用は同じであったかもしれないが、土台がまるでちがうのだ。

江戸っ子に憧れる修理之亮と、根っからの江戸っ子であれば、自ずと滲み出てくるものが異なって見えた。

敷いていた座布団から下りた修理之亮は安芳に向かい、両手をついた。

「阿部修理之亮、僭越ながら勝安房守さまと義兄弟の契りを結んでいただきたく──」

「なんだと。会ったとたんに義兄弟とは、どういう了見だ。辰、どうなってる」

「あっしも知りませんで。でも、お似合いじゃねえかと」

「止せやい。おれのほうは、なにも知らねえ御広敷役なんだぜ。侠客じゃあるめえし、義兄弟の盃ごとなんぞ」

「侠客なんぞで、相済みませんですねぇ」

乱暴な尻上がりの口調だが、ふたりの目は笑っている。

「まぁ、その内に考えておこう。で、用ってぇのはなんだ」

「異人を分かりたいのです。攘夷の連中が言い立てるほど野蛮と思いませんが、どのような対処をすべきかをうかがいたく、いらしていただきました」

「駄目だ」

「いけませんですか、若輩者ゆえ余計な知恵を持たぬほうがよいと」

「そうじゃねえ。確かにアメリカに行ったよ。でも、暮らしたわけではないし、あちらさんの応対は客あしらいだ。つまり、おれには一つも分からねえ」

「でも、航海中は異人の船員たちと――」

「あはは。外海、それも初めての大海原。ちょいと沖へ出たとたん、船酔い。それも上陸するまで、おれは水と煎餅で凌ぐしかなかった」

「帰りも同様ですか」

「アメリカは煎餅のない国で、ポプコーンって塩味のを買い込んだ。御城じゃ言えねえが、おれは二度と海を渡る気はねえ」

正直も度を越すと、話の継ぎ穂をつくれない修理之亮は肩を落とした。

「なんだなぁ江戸の侍が。なにしに行ったんですかくれぇのこと、問わねえのか」

「そこまでは……」

悄気た修理之亮に代わり、辰五郎が口を挟んだ。

「じゃ、どなたさまなら適任でござんすかね」

「万次郎しかいねえ。あいつは、アメリカで十年も暮らしている。咸臨丸でおれとも渡ってるが、一番頼りになったよ。今も始終船に乗って出掛けてるが、多分いるだろう」

中浜ジョン万次郎のことは、修理之亮も知っている。土佐の漁師だった十五のとき漂流し、アメリカ船に助けられ、そのまま彼の地に暮らしたが、元来が勤勉家だったのか、ことばだけでなく航海術や造船をも学んで帰国した男である。

「ペリーどの下田上陸の際、通詞として加わるはずであったものの、水戸のご老侯がアメリカ側の間諜となりかねぬ男と、排斥したと聞いております」

「そのとおりだ。水戸の老いぼれ余計なことをしやがって、話を複雑にしたのは今や誰もが知るところになった」

斉昭は井伊直弼が桜田門に散った折、莞爾と笑ったという。その老侯も、寿命には勝てなかった。

が、それに代わる者たちの抬頭がはじまっていた。

「夷狄、入るべからず」

なるほど〝和をもって貴しとす〟の聖徳太子のことばは正しい。しかし、そこに異人を入れるなとは書き遺されていない。

神州と讃えるのはいいが、神の国なれば異人をも受け入れる度量があってしかるべしであろう。

「水戸のご老侯が夷狄と言い切ったわけを、知りたいのです。さほどに劣る者たちなのか、情を分からぬ乱暴な連中なのかを」

「どの国の者でも、おかしいのはいるさ。そんなことも含めて、万次郎に会ってみるのが一番だ。待っていろ」

安芳は気軽に請け負い、修理之亮が目をつけていた芸者を伴なって出ていった。

「勝さまらしいやね、男くさい火消一家のところには半刻もいたくねえとは、親御さまの小吉先生そっくりだ……」

「親父さまとも懇意だったのか、辰五郎の頭は」

「小吉先生は、新門の用心棒かと思われるほど入り浸ってくだすった。腕が立ち、酒と博打と女に目がなく、これっぽっちも出世をなさろうとしなかったお人でござんしてね」

「無欲無私とは、凄いな」

「奉行並にまで出世なすった伜どのを、草葉の陰から笑ってらっしゃいましょうね。馬鹿野郎って」

「どうして馬鹿野郎なのだ」

「上に立てば立つほど、大勢の者を面倒みなければならないだけじゃなく、出来のわるい連中の誹りまで受けるじゃありませんか」

「一家を束ねる頭だって、同じであろう」

「あはは。うちの野郎どもは、野垂れ死んでもって奴ばかり。また嫉妬して邪魔する者があれば、叩きつぶしに行けますから」

幕府という大所帯と一緒にしちゃいけませんと、辰五郎はそうだよなと芸者をうなずかせた。

嫉妬とか誹られることを、今の今まで思いもしなかった修理之亮である。

毒見役の頃の同僚、道場仲間の小身旗本など、この数年は挨拶を交すこともなかった。

「おれの出世も羨まれ、足を引っぱられるってことか」

「どうでしょうね。こう申しちゃ怒られるかもしれませんが、勝さまはご自身の力で昇ってこられたお人、修理さんは知らねえ内に引き上げられた方です」

辰五郎のことばに、皮肉のような針を感じた。

「苦労をしたか、しないかのちがいか」

「人それぞれ、苦労をしても身につかない野郎も大勢います。また苦労せずとも、人を想い遣れるお方もいる。経験なんてものを後生大事にしてちゃ、時代てぇ流れについて行けません」

「………」

先祖代々の由緒に捉われ、旧態のままをよしとする旗本は多かった。おそらく諸藩でも同じなのだ。

どれほど努力をしても、貧しさから抜け出せない。そこに攘夷という思想が聞こえ、この運動に加担すれば食べる道が拓けると言われたなら、縋りつくのではないか。

「夷狄が闊歩いたせば、女こどもは餌食となる。そうさせぬため、陰ながら援助をしてくれる方々もおるのだ。いずれ下剋上ぞ……」

下剋上という甘いことばに飛びつかない貧乏藩士が、どこにいるだろう。

毒見役で腹を空かせていた修理之亮とは、比べものにならないほど辛い思いをしていた武士が、六十余州には掃いて捨てるほどいることは知っていた。

異人が夷狄であるかどうかなど考えもしないにちがいなく、攘夷の旗の下にあつまっているのだ。

「どうなさいました。修理の旦那には、薬が効きすぎましたかね」

「いや。辰五郎どのの言うとおりと、しばし我を忘れて呆然としたまで。それにしても勝どのは、足を引っぱって参る者にどのような対応をするだろうな」

「江戸っ子は五月の鯉の吹き流し、口先ばかりで腸はなしって言いましょう。そのとおりなんだが、勝の旦那は用意周到。幼い頃は一橋家の五男坊さまの遊び相手に選ばれたんですが、残念なことに早世されちまう。ところが十代の終わり頃だったか、のちの薩摩ご藩主島津斉彬さまと親交を深めた」

「取るに足らない幕臣が、外様の世子と――」

「親父の小吉先生が、呆れ返って笑ってました。蘭学塾をはじめたときもね」

人のやれないことを、やってしまう。それで敵を作ろうが、味方となろうが、人目を惹くことになったと辰五郎は「偉いっ」と言い添えた。

「棚ぼたで幸運を引きあてたおれなんかとは、月とスッポンだ」

「そう悲観するもんじゃござんせん。勝の旦那は、人を見る目が肥えていらっしゃる。修理さんを見て駄目と投げたなら、すぐ帰ってしまうお人だ。万次郎さんだかを取り持ってくださるのだから、及第ですぜ」

「だと嬉しいが、元漁師で今は幕臣という万次郎には歯も立たんだろう」

「敵わねえと思って、ぶつかりなせい。大関相手の、幕下のように」

新門一家では教わる一方だった。毒見役であったなら、なにも考えずにいたにちがいなかろう。

――あ、そうか。

修理之亮は考えを改めた。二十名余もいた毒見役の中にも、陰湿な足の引っぱり合いがあったことを。

出る杭が打たれるわけではなく、一律に均等であっても打ちたくなる奴はいるのだ。

「南町奉行所からの、呼び出しでございますぜ。修理の旦那」

小頭の國安が、またなにかしでかしたのかの目をした。

「大奥の女がらみの押し込み強盗のことだろう。ここで待っても、万次郎どのがすぐ来るとは思えぬ。行って参るよ」

待たせてあった旗本駕籠に、修理之亮は乗り込んだ。

いつもは辻駕籠を拾って新門の暖簾をくぐるのだが、今日は正装のまま江戸城を出てきたのだった。

有難いことに、駕籠を担ぐ陸尺たちを土間のある表口に入れ、阿部さま奥方の懐妊祝いと酒をふるまっていた。

こうした気遣いも、辰五郎が天下びとなった理由の一つなのだろう。

当然ながら、南町奉行所まで揺れることのない道程となった。

二

「阿部さま。お待ちしておりました」

顔見知りの椎野徳之丞が奉行所内を先導し、裏玄関とおぼしきところに駕籠を降ろさせた。

重罪の幕臣を取調べするため、人目を憚ってのことらしい。昨日までの修理之亮だったなら、青くなったろう。が、今はちがった。

――どうにでもなれ。怖いものなどない。

切腹、死罪、遠島。いかような処断をも受ける覚悟である。

勝安芳の生き方に感化されたこともあるが、自分でも信じ難く思えたのは、子が生まれることだった。

「おれは、つづく」

我が子をひと目見たいとか、父（てて）なし子となるのが不憫（ふびん）だとの思いより、自分がつづくことがなににも増して嬉しかったのだ。

武士とて、人の子。情が勝るとの思いより、武士なれば情は無用なりとなっていた。

誰かがそんなわけのあるものか、嘘に決まっていると言い返すだろう。しかし、戦（いく）さ場に赴（おもむ）いた祖先たちは、情を打ち消すことに懸命だったにちがいない。子のある武士は、心おきなくとは言わないまでも、死を恐れずに縦横の活躍をしたのではないか。

そこまで思えたとき、駕籠の戸が開いた。

「失礼なれど、お疲れゆえ眠られていたかと」

いつまでも出てこない修理之亮を、与力は待っていたようだ。

草履（ぞうり）に足を載せるまでもないまま、式台に上がって廊下を進む。奉行の役宅なのか、昼膳の仕度のいい匂いがしてきた。

こうした所で暮らしの匂いがするのは、いいものである。

伝奏屋敷や横浜の異人商館、もちろん広敷や将軍御座所には、してこない匂いだった。

修理之亮にも、得意とするものが一つあった。匂いを嗅いで、なにを作っているかである。

毒見役で身についた才覚は、そこに胡麻(ごま)が混じり、生姜(しょうが)や紫蘇(しそ)、茗荷(みょうが)が少し加えられているのまで分かることだ。

自慢するものではない。役に立つこととも思えない。しかし、今日は隠元豆(いんげんまめ)の胡麻和(あ)えに、わずかに辛子(からし)が加えられているのが知れてきた。

「南町の台所方は、よさそうだ」

「お目が高いですね、今月雇いました。若い僧だった男で、寺がエゲレス公館になったことから辞めたのです」

「異人の口には、合わぬと」

「そうであるかどうか、確かめさせましょう」

「できるなら、話をさせてくれまいか。その僧侶と」

「承知致しました。阿部さま、こちらへ」

案内されたのは奉行の居間らしく、裁可すべき文書は一つもなかった。

「ここへは、お奉行の播磨さまが」

「いずれ」

徳之丞は言ったきり頭を下げ、いなくなっていた。

悪くすれば旗本監察役、若年寄があらわれ処断。が、もう気にしない。なんでも来いと、居直った。

やって来たのは台所賄方の僧だった若者で、少し伸びはじめた髪を手拭で巻いていた。

「お褒めにあずかり、御礼を申しに参りました」

「寺の者は総じて料理に長けておるが、それはそれとして、そなたがなにゆえ寺を辞したか教えてくれ」

「品川の東禅寺に、南悦の名にて勤めておりました。昨年エゲレスの公使館に指定され、日々の勤行も含め寺は一変したのでございます……」

「異人が出入りすれば、近隣の者たちの好奇の目に晒されるか」

「もとより剃髪のわれら、人の目など気になりません。異人をもてなそうと、台所の者として工夫も致しておりました」

「工夫とやらが、異人の口に合わなかったのか」

「いいえ。エゲレス公使のオールコックさまなど、面白がって膳のあれこれを平らげてくださっておられました。しかし、今年の正月、寺の門前にて公使の通弁をしていた伝吉どのが、攘夷の侍たちに殺られたのです」

「エゲレス公館とされた東禅寺にいては、そなたの身も危ういと思い、寺を辞したか」

「そうではございません。わたくしが作る膳に攘夷の者が毒を盛るのではと、公使は同国の者が作る料理しか口にしなくなったのです」

南悦は自分の信実、すなわち作った膳を誰にも触れさせせないとの至誠ぶりを分かってもらえなかったのが悔しかったと、ことばを足した。

「左様であったか。しかし、南町に拾われたのは良かったな」

「お陰にて、お奉行には喜んでいただいております」

奉行の池田播磨守が顔を出し、笑顔を見せた。

「実に旨いのだ。もうじき参る者とも、昼を頼んでおる」

「よい匂いに、腹が鳴っておりましたところ。ご相伴にあずかりますが、今ひとりとは」

「中浜ジョン万次郎が、来るようになっている。勝どのより、奉行所内でならとの配慮もござった」

　漂流して十余年、今や万次郎は幕臣に取り立てられている。となれば幕臣同士、修理之亮とは城中で会わなければならない。が、目や耳の多い中で、肚を割った話はしづらいことになる。

　世事に長けた勝安房守ならではの心づかいを感じ、修理之亮は頭の下がる思いだった。

　とんとん拍子に事が運ぶ一方で、異人は攘夷の魔の手が忍び寄っているのではと、身構えはじめている。

　異人とて、命は惜しかろう。殺されてまで職務をまっとうしようとは思うまい。ひとつ間違えれば野蛮な国とされ、黒船の大砲が江戸に火を放ち、戦さとなることも考えられるのだ。

　大奥ではいっとき、将軍を甲州へ移すべきとの話が真剣に交されていた。

「江戸が火の海と化しても、上様さえご健勝にあらされる限り、侍たちは勝利するにちがいございませぬ」

　水戸の斉昭が言いそうなことを、まことしやかに信じる一派があった。考えた。こちらが開国派と攘夷派に割れているように、異国にも戦さを仕掛けようと狙う侵略派と穏便開国派があるのではないか。

「ジパングなど清国、それ以前の天竺と同じでよかろう。下等な国の者は、奴婢として使うに限る」

「それはいかがなものか。これ以上、東方で侵略をつづけては列国と競い合うこととなり、要らざる戦さに進展致そう……」

修理之亮なりの、考えだった。

「おぉ、中浜どのか。待っておりました」

三十半ばくらいのはずだが、万次郎は老けて見えた。

陽灼けした顔、力強そうな手など、どこを取っても漁師なのだが、なんびとにも誹られまいとする目つきと眼光の鋭さは、新門辰五郎らと異なる凄みがあった。が、播磨守と修理之亮への挨拶の所作は、町人を見せていた。

「勝安房守さまより、是が非でもとの依頼を受けて参上仕りましてございます。異国のこと、中浜万次郎、嘘いつわりは申しません」

「左様に硬くならずに、膳を囲みながら忌憚なき話をしてもらいたい」

万次郎を部屋に招じ入れると、奉行は昼の仕度を言いつけた。

裸にならずとも、万次郎の骨格がしっかりしているのは分かった。

「そなたを取調べようとするのではなく、異人そのものについて感じたままを話してほしいのだ」

「先に申し上げるなら、十人十色。善人も悪人も、おります。アメリカしか知りませんが、エゲレスもロシアも同じとお考えになるとよいでしょう」

「広敷にある旗本として、訊きたい。大奥柳営にある奥向の女たちの中には、異人が来襲すれば女はみな犯されると怯えておる者があったが、どうである」

「戦さと申す場で女たちへ非道をなす男は、わが神州にもございます。むしろ切支丹の教えには、姦淫するなかれの戒めが知られております」

　切支丹のことばが出てきたので、修理之亮は膝を進めた。

「三代家光公のとき、切支丹は邪教とされた。それを、そなたはどう思った」

「はじめに申しましたとおり、異人のそれが兄弟であっても色々です。七日に一度、必ず切支丹の堂へ出向き祈りを捧げる兄がいても、弟は祭りの日にしか顔を出さないのがいる。同様に始終墓参りをするほど信心深い弟もいれば、命日であっても忙しいと出て来ない兄もおります」

　であるからといって、信心と野蛮とは一致するものではないと、万次郎は言い切った。

「邪教とは言えぬと」

「どれほど仏法に帰依しても、戦さで大暴れする方はいらっしゃいます。その昔、毘沙門天の旗を押し立て戦さに赴いた武将がおりましたではありませんか」

「…………」

そこへ昼膳がもたらされ、話はいっとき途絶えた。先刻の南悦が自ら膳を運び、各々の膝前に置いていった。

「精進料理と思われるかもしれませんが、鯛の刺身に、鶏の捏ねも加えてみました」

「ほほう。寺なれば、出せぬものであろうな」

「お奉行ともあろうお方が、左様なことを信じますか。寺にある僧侶とて、精進潔斎して身を保ちつづけは致しません。山くじらの肉を頬ばる長老に、咎める者もおりませんです」

元僧侶のことばに、万次郎が大きくうなずいた。

これを見た修理之亮と播磨守は、顔を見合わせるしかなかった。

「阿部どの。中浜どのに来てもらうまでもなく、答は出てしまいましたかな」

播磨守の言うとおりで、公使であろうと通詞であろうと、その人物によってちがいがあって当然なのだ。

みなが箸を取ったので退出しようとした南悦に、修理之亮は声を掛けた。

「ひとつ、訊く。東禅寺門前で、伝吉なる通弁が殺されたと申したが、異人でもない者が襲われたこと、どう考える」

「分かりかねます。公使さま方は異人嫌いの攘夷にまちがいあるまいと仰せでしたが、町内の者の話では伝吉さんが与太者に嫌われたからだと言う方がいらっしゃいました」

なにかと町人を馬鹿にした伝吉は、元漁師と言いながら、自分はもう士分だと驕るところがあったという。

「中浜どの。伝吉なる通弁をご存じか」

「存じません。わたくしはアメリカ、その男はエゲレス。敵対するものではございませんが、通弁同士が横につながるのも、幕府は嫌います」

ここにも幕府の考え、それも底の浅い水戸老侯の考えに近いものが横たわっていた。

「困りものの幕閣ですね」

「かもしれぬが、攘夷どもの仕業と断じた公使オールコックも、ひと筋縄では捉えられぬかもしれませんな。阿部どの」

　播磨守のひと言に、修理之亮も気づくところがあった。

「エゲレスは不当な嫌悪を抱かれていると、幕府に見せつけているのでしょうか」

「左様。警固の役人を増やし、われらを敬え(うやま)と」

「ふたたび中浜どのに訊く。異人は巧みな嘘をつくか」

「嘘とも言い難い方便は、どの国のどちら様でも」

　考えるまでもなく、嘘は罪人どもだけのものではないのだ。

　商人のお世辞も、若君への煽(おだ)てても、態(てい)のよい嘘であると思えば、逆に異人にも真っ正直な者がいておかしくない。

　修理之亮の知る正直者は、先代将軍の家定や井伊直弼だ。巧みな嘘つきは、老中首座だった伊勢守と御年寄の瀧山か。

「中浜どのが知る正直な異人は、どなたである」

「はじめて耳にする問い掛けですが、正直という以上に頑固一徹なハリスどのは、嘘が下手でございました」

「というと、ハリスの通詞ヒュースケンも同類か」

「──。それはいかがでしょう」

奉行の問いに言い淀んだ万次郎は、困った顔を見せた。

飯を付けていた南悦が、話の中に入ってきた。

「ヒュースケンどのなれば、ときに東禅寺にてオールコックさまの従者のように仕えております」

「エゲレスの公館にか」

南悦のことばにおどろくも、万次郎は異を唱えた。

「それはちがうでありましょう。ヒュースケンは、異人の公館のつなぎ役となって、渡り歩いているだけでございます」

「許されるのか、渡り歩くことが」

口に入れた飯を、修理之亮は吹きそうになった。

「分かりかねますが、江戸の右も左も分からぬ異人にとって、ヒュースケンは道案内として役立つのではありませんか。滞在の長い蘭人で、ことばも幾つか分かるようです……」

道案内とは仲介役を指すが、万次郎も南悦も曖昧さを見せた。

「どうもヒュースケンのこととなると、みな歯切れが悪いようだが、確か阿部どのは下田に出向いておったと聞く」

「下田へ参ったものの、見掛けることもございませなんだ。しかし、評判はあまり……」

「不良なる異人とは、本当でしたか」

「中浜どのも聞いておられるか。お吉なる女をハリスどのへ、自分にはお福という女を召し出させ、同衾していたはず。ところが、ハリスどのはお吉に一指も触れずに帰したとのこと」

異人であれば、なにごとも許されるわけではない。しかし、滅多なことでもない限り、わが捕方の手に掛かることはなかった。

「上様への取次役として、ヒュースケンに会ってみたいのですが、できるでしょうか」

「会うだけなれば上様の台慮として可能なれど、中浜どのも同席せぬと挨拶に終わるでしょうな」

播磨守のことばに、万次郎は同意を見せた。

町奉行とは、猛烈に忙しい役である。外の廊下には四人もの与力が案件を手に、播磨守を待っていた。

「済まぬが、次の仕事が待っておる。昼膳が済み次第、阿部どのは御城へ。中浜どのには町駕籠を出させるゆえ、どこへでも」

「わたくしは本日、非番でございますのでお気遣いなく」

「聞いてみたいことがまだありますゆえ、今しばらく万次郎どのと話したい。御城へ戻るのは、その後でも」

　修理之亮の今しばらく奉行所を拝借したいとの要求は、快諾された。

　南悦が菓子を作りましたゆえ、持って参りますと出て行った。

「大きな声では申せぬが、勝安房守どのは酷い船酔いだったと聞く」

「はい。海の上では日がな一日、横になったきりでございました」

　笑って答えたことで、万次郎の勝に対する信頼はあるものと思えた。

「おぬしは密航帰国者とされ、なかなか帰国できなかったと聞くが、まことか」

「戻れば死罪と言われ、仕方なく琉球（りゅうきゅう）に上がりました。そこでアメリカの廻し者ではないと信じていただき、薩摩藩主斉彬公のお力添えにて九州の地に。都合丸十年、異国にあったことになります」

「辛かったであろう」

「いいえ、いっこうに。やせ我慢ではなく、それほどに楽しく、愛（いと）おしんでくれました」

　漂流していた万次郎を救った船長ホイットフィールドが自邸に迎えてくれた上、倅のように育ててくれたと、意外にも涙ぐんだ万次郎だった。

「失礼だが、奴婢として置いてもらったか」

「いいえ。大きな寺子屋にまで通わせてくれ、わたしは恵まれたのです」

　勤勉な性格は、ことばは元より造船の技術まで身につけた。

「そのままアメリカに、止(とど)まろうとは思わなかったのか。故郷(くに)の親兄弟が、恋しくなったか」

「土佐へは翌年帰ることができ、久しぶりの対面も叶いました。でも、帰る気になったのは……。今この立場にある者が口にできる話ではありませんが、彼の国には見た目の分け隔てがございました」

「身分か」

「そうではなく、色の黒い者を下等として人と扱わない者が少なくありません」

「船荷を運ぶ黒い者を横浜で目にしたが、あれは奴婢のようであった」

「はい。そこまではならないのですが、われらを黄色い者として蔑(さげす)む者もおりました。こればかりは、ことばを尽くしても変えられません」

「黄色い者」

「清国人も同様です。人の好し悪しや賢いかどうかとは関わりなく、肌の色で見立てますゆえ、どうにもなりませんのです」

いつの時代、どの国でもこうした差別はあった。しかし、見ただけでそれと決めつけられるのはいただけませんと、万次郎はなんとも言い難い顔を向けてきた。

万次郎はこれはアメリカ国内でも問題とされつつあり、奴婢でしかない黒い者たちの扱いについて内戦を見そうな気配があると言い添えた。

見よう見まねで作ったと南悦が持ってきた饅頭が、甘く思えなかった。

三

将軍の下命ということで、修理之亮と中浜万次郎は麻布善福寺（あざぶぜんぷくじ）のアメリカ公邸に向かうことになった。

江戸城差し向けの駕籠（かご）二挺（ちょう）に各々（おのおの）乗り込んだが、修理之亮も万次郎も懐（ふところ）に短砲（たんづつ）を呑んでいる。用心深いに、越したことはなかった。

そればかりか、万次郎が杖（つえ）を手にしていたのを見て訊（き）いた。

「足に怪我でもされたか」

「いいえ、仕込み杖でございます。なにかと物騒なところゆえ、これ一つでも襲ってくる者は気を弛めます」

修理之亮の何十倍も異国や攘夷の連中に通じる万次郎は、仕度だけでも万全だった。

アメリカの手先とされている万次郎が狙われたのは、一度や二度ではないのだろう。

坂の多い寺町の中、善福寺は派手な赤と白の旗指物が翻っていることで、すぐに分かった。

通されたのは寺の庫裡で、ヒュースケンは四半刻ほども待たせてあらわれた。上背があって鼻の下に髭をたくわえた通詞は、なんの会釈もないまま上座を占めてきた。

が、笑顔をつくる愛想のよさは、眉唾に見えるほど天下一品だった。

万次郎と英語で挨拶をしているが、身ぶりは大袈裟だった。

「待たせてしまったのは、公使の御用に忙しく失礼をしたと申しております」

遅れたことに謝まるのではなく、言い訳に満面の笑みを見せるのがエゲレス流と考えることにした。

見る限り、人あたりは良さそうである。しかし、商家の手代それも女たらしと噂される男と、なんとなく同じ目つきを見せた。

助平であることそのものは、悪くない。獣公卿の岩倉でも、国を思う気持ちは強いだろう。公私を弁えてもいるのだ。

ヒュースケンは、まったく笑顔を崩すことなく席に就いている。

修理之亮は、人を見抜く眼に欠ける。しかし、まったく相好を崩さない蘭人の通詞が、薄気味わるく見えてきた。

笑顔は貼りついたまま、変化もないままだった。

「大君はハリスになにを伝えよと仰せられておるのかと、申しております」

「たいくんとは、あっ、上様のことであったな」

万次郎がそのまま通弁をしたので、修理之亮は改めて大君が将軍で、京都の天皇を帝と言って区別しているのだったと思い返した。

が、なんであれ将軍の使者の来訪に、笑顔のままでいられる通詞の心もちが分からなかった。

一国の代表である公使でも、なにごとかと居ずまいを正すだろう。ところが、一介の通詞にもかかわらず、表情ひとつ変えずにあらわれているのだ。

「なに用にて参ったかと問われるなら、身の危険をどう考え、いかに守っておるかを問いたい」

修理之亮のことばを万次郎が訳すと、ヒュースケンはにこやかに答えてきた。

「艦船の水夫とは異なる一国の代表、その我らを襲うことすなわち戦さになりかねないこと、お含みねがいたい。こう申しております」

かなりな威丈高ぶりに、修理之亮は眉を立てた。

ペルリ来航以来、攘夷の考えによる異人殺傷はあったが、オランダの商船長を除くと、兵士や水夫ばかりだった。

「公使付きの自分は、軽輩ではない」

ヒュースケンの言いたいところらしく、またも笑いを見せながら胸を反らしている。そして洋服の脇に手を差し入れ、短砲を取り出すと見せてきた。

「六連発で、これがあれば大丈夫と申したいようです」

おれたちも持ってるよ、とは言わなかった。

「今ひとつ訊ねたい。豆州下田にてそなたの世話を致せし下女は、今もここにおるか」

万次郎が訳したとたん、ヒュースケンは顔をしかめて異国ことばを放った。

「田舎女など、真っ平御免と言いたいようでございます」

幾つかのことばを巧みに操れることで、ヒュースケンは自らが偉くなったとの錯覚を持っていた。こうした者は、武士町人を問わず同じようだ。

「いや、忙しいところに押し掛けてしまった。警固方の増員は、まちがいなく伝えおく。御免」

不良異人とこれ以上話してもなにもないと思えば、立ち去るほかなかった。が、ヒュースケンは相変わらず笑い顔を崩すことなく、立ち上がっただけの見送りをしてきた。

――よくもまぁ、笑いつづけられるものだ。嘘っぽい笑いを……。

師走（しわす）の夕暮は、早い。

もう寺の外は静まり返り、人の姿も少なかった。

麻布界隈は小さな寺の多いところだが、この善福寺は親鸞（しんらん）上人が植えたと言い伝えられる銀杏（いちょう）もあり、江戸では浅草寺（せんそうじ）に次ぐ古刹（こさつ）となっていた。

外様大名の屋敷もあるが、坂にへばりつくような貧乏長屋の多いところでもある。

アメリカ公邸があるため曲がり角ごとに警固番士が見えたが、狙う側にしてみれば裏長屋に潜み、隙を見て襲いかかることなど夜分ならわけもなかろう。

駕籠に乗る修理之亮が、これからもっと異人警固に力を入れねばと考えたときだった。

二挺の駕籠を担ぐ陸尺たちの足並みとは異なる別の足音を、耳が捉えた。

「――――」

無理に合わせようとしていることで、武芸に心得のある修理之亮は気になった。むしろ別人を思わせたほうが、よかったのだが。

「攘夷っ」

声とともに、前に乗る修理之亮の駕籠へ、太刀の切先が刺し込まれたのだが、敷かれてあった厚い座布団を楯に身を躱した。

「なに者なるっ」

気丈な陸尺が襲ってきた者の脇腹を蹴るのが、簾窓ごしに見えた。が、駕籠そのものは地面にドスンと置かれてしまった。

先に狙われたのが修理之亮のほうであれば、万次郎はそれなりの備えができたのかもしれない。

パン。

短砲に火を吹かせて賊のひとりを倒したのが、駕籠の戸を破って出た修理之亮に見えた。

井伊大老を襲ったのと、手口が似ていた。ちがいは、人数と桜田門外のときは敵が先に短砲を使ったことだけである。

しかし、敵は怯むことなく、取り囲んできた。

五人、いや六人。幸いにも飛び道具は、こちらだけのようだと気づくと楽になった。

「アメリカ公館より出た者なれば、誰何なく斬ろうとするのが攘夷か」

「問答無用」

ふり廻してきたのが短槍と思った修理之亮だが、鎌を見せる刃が月に映え、大きく反り返った。

ブゥン。

唸りを上げて、鼻先を掠めたのは長刀だ。

――僧兵か。

その昔に叡山や南都の寺から出て暴れまくっ<ruby>え</ruby>せ坊主どもが、膂力に任せて使った長刀だが、真っすぐな槍の速効性と、振ってしまうと二ノ手に戻るまで守りが留守になることから衰退した得物である。

躱した修理之亮の眼前に、もう一つ長刀の鎌刃が躍りかかってきた。

シュッ。

跳ねながら退ったつもりだが、背なかを土塀が押し返すことになった。

羽織は吹きちぎれ、上物の紋付と仙台平の袴が斬り裂かれた。

パン。

万次郎の短砲が助太刀となり、長刀の一人が倒れるのが見えた。

歩けたことで、かすり傷であろうと修理之亮も短砲を取り出した。左右から一挺ずつ、右に細長いのと左に短く太いのを。

刃物とちがい、月の光に映えない黒い短砲である。一発、右手のほうにあるので撃った。

タン。

音は異なったが、手元にくる衝撃が軽く思えた。

——細長いほうが、使いやすいな……。

余裕である。

弓矢はもとより鉄砲より小さく、隠し持てる飛道具の凄さを実感した。

それを知るハリスやヒュースケン、エゲレスのオールコックら異国の役人たちは携帯しているのだ。

短砲の威力に尻尾をまいて逃げ去った攘夷どもを見て、警固番士の数も今のままでよいかもと思わなくもなかった。

「阿部さま。傷は見えませんが、お召物（めしもの）はズタズタでございますな」

万次郎が提灯（ちょうちん）を掲げると、だらしなく下帯まで見せてしまった修理之亮を晒（さら）し出した。

「夜分なれば、恥を晒すこともなかろう」

駕籠に乗り込むと、争いから遠ざかっていた陸尺たちが戻り担ぎ上げた。

蹴破った戸なしの乗物は、師走の晩であれば見た目がよろしくない。

「殿さま。なんでしたら、破れたお召物を戸の代わりに掛けますか」

陸尺の提案にうなずくと、裸になって紋付を差し出した。

外からの体裁はととのったが、半裸の修理之亮はつづけて二度のクシャミとなった。

翌日、修理之亮は勝安芳と中浜万次郎ふたりの見たままを、将軍家茂に伝えた。

「さような者たちか。修理同様に、大いなる人材登用であったな」

「わたくしは別として、勝どのの万次郎どのともに優れた資質を有します」

「確か勝は、御家人株を買った者の曽孫（ひまご）、万次郎は漁師。ともに譜代の旗本でない。世襲と申す有りようの弊害、いかんともしがたい」

「なんとも申しかねましてございます」

自分も含めて、不徳の致すところと頭を下げたつもりだったが、

「かく申す余とて、血筋で今の立場にある。同病相哀（あいあわ）れむか、修理」

「滅相（めっそう）もなきおことば、ご冗談は止（よ）しに、ねがいまする……」

修理之亮は全身が火照（ほて）りはじめ、血の気が失（う）せて行きそうになった。

「さて修理、異人への脅（おど）しはつづきそうか」

「短砲を必ず懐に携える様子がうかがえますゆえ、刺客（しかく）の一撃は躱（かわ）せるかと思います。しかし、襲う側にも短砲があれば、夜道は危ないと考えました」

自分も昨夜、襲われた。ついては警固番士の増員より、夜半外出の禁を出すほうがと上申をした。

「そう思えぬものでもないが、公館を構える異人へ規制をかける法度（はっと）は条約上、

厄介にすぎるでな」

　家茂はあらぬ方を眺めるに止まった。

　退座した修理之亮は、その足で勘定奉行の詰所に赴(おもむ)いた。

　依頼してあった横浜異人商館の短砲売買のあらましが、まとまったとの報告がされたのである。

　奉行は三人とも留守だったが、与力の一人が応対に出た。

「上様の命とのことゆえ、お申し出の件にかなり手間取りました。と申しますのも買い手は、大半が偽名を用いておったのです」

　多分そんなことだろうと考えていた修理之亮は、落胆せずに聞いた。

「いわゆる豪商ならびに札差両替商の主人の場合、駿河町(するがちょう)の三井越後屋呉服店をはじめ――」

「名を知りたいのではなく、どのくらいの数が市中に出廻っているか、分かったか」

「はい。ざっと、二百五十挺あまりかと」

「――」

「帳面に記載されぬ取引きも含めると、三百挺は下らぬと存じます」

「幕府への運上は、どれほどになる」

「およそ、千一百両ほどになっております。記載分の二百五十挺あまりで」

「随分と取り上げるのだな」

「と申すより、売り手の異人はその分を見込んで値をつけます」

調べられたのも、そこまで。誰の手に渡ったかなど、偽名も含め曖昧(あいまい)だった。得るものはなかったかと、修理之亮は記載帳を返そうとした。

「ん、これは」

小さな読点(とうてん)が、ところどころに打ってある。墨をこぼした跡にしては、揃った形だった。

与力に指し示すと、仲介人がある場合の売買で、その分さらに手数料を取られているという。

「左様な不届者を許すのか」

「許すも許さぬも、異人なれば仕方ありません」

「これらの点、すべて異人か」

「はっ。計六十二挺、アメリカ国通詞の蘭人ヒュースケンでございます」

「――――」

ヒュースケンならば、やりそうなことに思えた。もちろん修理之亮でも、咎(とが)めることはできない。

「破落戸(ごろつき)に成り下がりおったか……」

高慢な人を見下した目をもつ異人の笑顔を、思い返すことしかできなかった。

その晩、番町の修理之亮の邸(やしき)へ、外国奉行配下の与力が急を報(しら)せに入ってきた。

「なにごと」

「はい。四半刻(しはんとき)ばかり前、麻布中(なか)の橋(はし)そばにございます異人の旅宿所近くにてアメリカ国通詞ヒュースケンどの、なに者かに襲われましてございます。重傷にて、治療中」

「ヒュースケンが、なにゆえ夜中(やちゅう)に外出を致しておった」

「来日中のプロシア国使節のため通詞役をしての帰途、善福寺の公館付近であったと」

「刺客は」

「五人以上はいたとのこと。詳しくは不明なれど、幕府との折衝役(せっしょうやく)として欠くべからざる人物。阿部さまにお知恵をと、まかり越して参った次第」

取るものも取りあえず、修理之亮は登城の仕度をして駕籠に乗った。

昨日、麻布の善福寺を出た直後、襲ってきた者たちと同じであれば脅さずに、始末しておくべきだったか。

それともヒュースケンの人柄ゆえの遺恨が、悲劇を招いただけなのかもしれない。

が、プロシア人の泊まっている異人旅宿所を出たのが夜半というのがあまりに遅すぎないか。

決め事ではないものの、夜分の外出は避けるべしとの通達は、異人たちになされている。

なんであれ、惨劇という大事となってしまったのだ。こうして修理之亮が呼ばれているのは、アメリカ国の重要人物が瀕死の重傷を負ったことの始末を、どうつけるかになるのはまちがいなかった。

それまでは、身分の低い者が襲われていた。しかし、今度ばかりは一国を代表する人物の、片腕である。

警固方の頭目の切腹で済むものなのか、さらなる条約を押しつけられるのか。

それすら見当がつかないまま、御城に着いた。

老中ら幕閣にある者があつまる中、小栗忠順が入ってきたのを目が捉えた。

忠順も気づいたらしく、修理之亮の隣に着座すると耳元に囁いた。

「ヒュースケン、人事不省にござるそうな。あの通詞の肩書は、すでにアメリカ公使館員。すなわち、交した条約に抵触いたす一大事となるはず……」

言われた意味は、なんとなく分かった。

幕府は警固不手際によって、賠償をせねばならないのだ。賠償とは、切腹では済まないことでもある。

老中の双璧とされる安藤対馬守と久世大和守の二名が入ると、一同は威儀を正して畏まった。

「お聞き及んでのとおり、異国と重大なる交渉をせねばならぬこととなった。襲いし者は攘夷の浪士であると、通詞とともに斬られしわがほうの警固方の者が言い遺しておる……」

大和守の苦しげな説明によると、ヒュースケンと警固方の三名は馬に乗っていたところを、下から斬りつけられた。短砲は発射されることなく、そのまま善福寺に馬ごと入ったとのことだった。

まちがいなく、下から斬られたのではなく、腰か腹を突き上げられたのだろう。

武士であれば、馬上の武者を討つときはそうするのだ。

「この春の桜田門外での一大事同様、水戸の脱藩者と考えられませぬか」

前のほうで声を上げる者がいた。

「左様に言い切るのは、早計であろう」

老中の一人が毅然としたことばを返し、ことばをつづけた。

「なにより対応が肝心、国を挙げ躱そうと致せば却って穴を大きくしかねない。忌憚のないところを、お聞かせいただきたい」

「ヒュースケンの容体を見て、それに合わせて――」

「暢気にすぎぬか。先手を打って謝罪せぬと、黒船から大砲が放たれますぞ」

「そのとおり。黒船が火を吹けば、戦さとなる。それこそ攘夷どもの、思う壺」

幕閣の大半は、異国に勝てるとは考えていなかった。江戸が火の海となってはならないことも、承知していた。

「警固目付をご支配の若年寄さまの罷免とともに、相当なる見舞金を出すのが向こうの流儀にございます」

小栗忠順だった。一座にある者みな、目を剝いた。

遣米使節の一人として渡米した忠順は、先ごろ外国奉行の一人に列していたのである。その男が言い放ったことで、誰も口を挟めなくなってしまった。

　もちろん修理之亮もその一人にちがいないが、ヒュースケンという異国の男は銭と女に執着する破落戸もどきであると、言いたくなってきた。

　しかし、修理之亮が感じているからといって、口にできる話であるわけもなく、御用取次として一言洩らさず伝えるのが役目である。

「御側御用として、阿部どのにうかがいたい」

　老中の大和守に名指され、修理之亮は我れに返った。

「麻布の公邸にヒュースケンを訪ねたと聞くが、なにか気になる話をされた憶えはござらぬか」

「とりわけ困ることとなしとの話がありましたものの、警固方を増やしてほしいとの要望は聞いております」

　居あわせた一同は、騒然を見せた。昨日の今日である。増員の間に合うはずもなく、今夜の一大事に至ってしまったのだ。

　襲った者たちの特定はもちろんだが、にわかに賠償の二文字が大きく浮かび上がってきた。

「なれば、いかほどを……。百両や二百両では、承知致さぬであろう」

「聞くところでは、妻子のおらぬ蘭人とか……」

修理之亮の後ろのほうで、囁き合う声が聞こえた。

なるほど銭は謝罪の足しになろうが、それを拒まれて江戸に砲火を浴びせかけられたならとの危惧がまったく感じられない連中が、修理之亮には考えられなかった。

──下手な対応では、江戸が火の海となるであろう。

ふり返って怒鳴りたくなってきた。

「今宵（こよい）の一件、外国奉行どのに一任したい。速やかなる対処をねがう」

老中がひと言を放ち、お開きとされた。

深更ゆえ将軍への上申は明朝にと、修理之亮は宿直（とのい）となった。

五之章　和宮さま下向

一

ヒュースケンが襲われたことは、市中の町人にとっても一大事にちがいなかった。

不逞浪人による押し込みでも、辻斬りでもない。馬上にある者を、七人もが寄ってたかって斬り苛んだのである。

「そこに居あわせたなら、斬り刻まれたにちげぇねえ」

「口封じってやつだ。西国の田舎侍は、ほどってものを知らねえらしい。昔なら馬から引きずり下ろして、首級を挙げた。ところが今は嬲り殺しだ」

桜田門外の大老襲撃と明らかに異なる夜襲は、侍の風上にもおけないと町人たちは攘夷連中の狼藉を怖がった。

修理之亮は将軍への取次ぎの場に及んで、自分の不徳の致すところと平謝りをした。

「なにゆえ修理の不徳と申すか」

「蘭人ヒュースケンの影となって寄り添っていたなら、あれほどの大事に至らずに済んだと考えます」

「通詞でなく、そちが殺られていたなら余は悲しい」

「——。もったいないおことば、それだけで末代までの誉にございます……」

ことばがつづかなくなったのは、言うまでもない。ヒュースケンが帰らぬ人となったのは、その晩のことである。

出血過多は手の施しようもなく、目を開けることなく旅だったとのことだった。

すぐさま幕府は、ヒュースケンへの弔慰金として法外な一万ドルを出し、最高責任者の若年寄一名を罷免した。

賠償の意味だけでなく、開港によって入ってきた各国公館への配慮でもあった。

「ドルと申す洋貨の単位は、どれほどのものでありましょう」

「よくは分からぬが、千両箱ひとつには相当するそうな。もっとも罷免となった若年寄どのは、先月すでに病ゆえに隠居を洩らされておったとのこと」

千両箱と聞いて、修理之亮はその分の運上金を強いられる商人を思った。

幸いなことに、江戸湾に黒船が入り込み砲門を向けられずに済んだ。が、下手人の行方はまったくつかないまま、二月となった。

万延の元号が、文久と改まったのは縁起をかついでのことらしい。大老暗殺で安政が万延となるも、世情不穏は解消されなかったが。

「名を換えたところで、どうなるってもんじゃなかろう」

「なぁに、気のもんだろうぜ」

「公方さまのか」

「いや、元号がよろしくないと言いだしたのは、京都のほうらしい」

「言いなりか」

口さがない江戸っ子も、それとなく朝廷の力を感じているようだった。

一万ドルが効を奏したものか、異国公館からの無理強いは聞こえなくなっていた。代わりに雨をともなった春の嵐が、江戸の町を吹き荒れる晩となっていた。

「もう三月ばかりで、やや子の誕生でございますね」

女中のおひさに言われ、修理之亮はなんと言い返すものか戸惑った。

夜毎ではないが、少しずつ腹の迫り出してくる妻女に触れると、こんなものかと思うときもある。

 が、腹に胤を仕込んでから十月十日、男にできることなど高が知れているではないかとは、言い返そうになれなかった。

「悪阻も収まりましたし、三度の御飯も召し上がっておられます」

「それは上々」

「少しは笑顔をお見せになったほうがよろしいかと、申し上げに参りました」

「笑うのもなぁ、無事に生まれ出てくるとの確約はあるまい」

流産もあれば母子ともに危うくなることもある出産は、喜んでばかりいられるものではなかった。

「こんな話を聞きました。子の父親が笑うことで、子は元気になるって」

「生まれる前の者が、どの眼をもって男親と分かるのだ」

「奥方さまのお気持ちが伝わりますそうで、家の中は陽気なほうがよろしいとも聞いております」

あまりに真剣な顔をする女中に、修理之亮はかたちばかりの笑いを作って見せた。

「それでよろしゅうございますですよ」

「嘘っぽい笑いである」

「にこにこなさっている内に、心のほうまでにこやかになるものでございます」

「左様か。ニヤニヤ」

修理之亮がおどけて見せると、それでいいとおひさは出て行った。

作り笑顔は、ヒュースケンを思い出させた。

碌でもない蘭人だった気がしたが、海の果てともなる地へ勇気を奮ってやって来たのだ。そして、まちがいなく役に立ったのは本当である。

――笑って見せねば、やっていられなかったのかもしれぬ。

同情したところで今さらと言われそうだが、死人に笞打つほど無情な修理之亮ではなかった。

下僕の六助が、一挺の武家駕籠が来ていますと駈けてきた。

「当家にか」

「はい。けど、雨の晩に供のお侍ひとりなく、わたくしの知らぬお方が中から出て参られましたです」

「名を聞いたか」

「それが、御側御用取次どのに会いたいの一点張りでして」

「分かった。客間に通せ」

修理之亮は、客間へ向かった。敷居口に脱いだ羽織が丸まって見え、その脇に足袋。

顔を出してみた。睨みつけてきた。

「どなたにございますか」

「佐久間象山である」

「………」

「勝安房の義兄、信州松代藩家臣にして森羅万象あらゆるもの学者、佐久間だ」

「これはご無礼を。かねてよりご高名は耳に達しておりました。阿部修理之亮にございます」

「聞いておったより、若造だ。ちと、わけがありしゅえ急いで参った。夕飯を馳走ねがいたい。それと着替えを拝借いたす」

傍若無人と評判の男だったが、これほどの者ははじめてだった。

背丈は修理之亮よりも長身で面長、というより馬面に近い。額は秀いで、窪んだ眼窩の奥に鷹のように光る目が噂どおりだ。

噂とは、釈尊が言ったとされる「天上天下唯我独尊」である。

自説を曲げない、真理は自分にしか分からない、おれの話だけを聞け。いわゆる鼻つまみ者なのだが、図抜けた記憶力と一年足らずで蘭語をものにしてしまう才能に、度々声が掛かるとのことだった。

その変人が、着物を脱ぎはじめた。

「参られた御用の件を――」

「信州より本日夕刻、勝の邸(やしき)に到着したのだが、安房は留守。もとより公方さまへ物申しに上府致したのなれば、直(じか)に御用取次へとこうして参った。その前に、湯殿へ案内せい」

「――」

濡れた着物と袴(はかま)を脱ぐと、下帯を外しながらもう廊下に出ていた。

女中たちがワァキャァと騒ぐのも気にせず「湯殿はどこか、それと飯」と言いながら進んで行った。

勝安芳(やすよし)の妹が、象山の妻女となっている。もし修理之亮が安芳と義兄弟の契(ちぎ)りを結べば、この象山も付いてきたのだ。

――あの願いは、取り下げよう。

本心から思ったのは、言うまでもなかった。

女中おたきが顔を覆って駈け込んできた。

「あのお客さま、あたしに湯女（ゆな）となれ。おれの子を孕（はら）めば、天下びとの母になれるぞって……」

聞きしに勝るどころか、狂人そのものである。

早くも奥向では、妻女しまを隠すべく算段をしていた。

――あの獣公卿（けだものくぎょう）と、甲乙つけ難い。

混沌を見せはじめる世の中には、突飛なほど傑出した者だけが幅を利かせるものなのだろうかとの考えに至った。

聞いた話では、三十年も前の天保（てんぽう）の時分の象山は、藩主から幾度か叱責を受け謹慎の身になっていた。

それでも挫（くじ）けることなく、今に至っているのだから信じ難いことだし、それを知りつつ象山を雇用しようとする者がいるのも、文久となった今なのかもしれない。

湯から上がってきた象山は洗っていないほどに、変わり映えしなかった。

「沸いておらぬと、ご機嫌を損じましてか」

「なんの。主（あるじ）であるそなたのためであろうが、ほどよく沸いておった」

修理之亮の浴衣を羽織り、岩倉卿ほどにだらしなく前を見せつけはしないものの、湯上りの清々しさがない。

洗わないのではなく、生来不潔と言わないまでも、身ぎれいになることに価値を見出せないようだ。

「なにを見つめておるか。学者には稀な体と、羨むかな。齢五十になるが、そなたら若い者に負けとうはない」

頭だけでなく、体にも自信があるのか、骨格の逞ましい胸を叩いて見せた。

「さて、上様へ言上をなさるとの由。お聞かせねがいましょう」

「安房の申しておったとおり、話が早いこと有難い。ついては朝廷より、降嫁の皇女があると聞いた」

「お待ちください。その件に関して、どなたとも話すことはできかねます」

「愚かな。天下の大事であろう。六十余州一の兵学者に、意見を求めぬなど笑止千万。なれば上様へ、申し伝えよ。もう公武一和などの考えは古い。これからは、和魂洋才が日乃本を隆盛に導くと」

「わこんようさいとは」

「和、すなわち日乃本。洋は、欧米なり」

そのまま象山は、滔々と自説を語りはじめた。

海の彼方には、数多の国がある。そこに生きる者たちは、牛馬だけでなく機械を用いた道具に助けられながら、新しい暮らしをしはじめた。

この道具で、五日かかる里程をたった一日で踏破し、夜となっても昼と大差ない灯りがある。

「ところが、異人どもには根性がない。ものぐさなのだ。加えて、働き者が少ない。朝早くから仕事をせぬくせに、昼寝をして仕事終いも早い。目上を敬わず、儒学の精神もなし」

見てきたようなことを口にしだすと、象山の顔に怒りがあふれてきた。放っておけば、大声を上げるのではと、修理之亮は手で制した。

「その話、勝どのより聞き及んでおります。義兄の象山先生は、大和魂こそ万国の民を救う唯一の精神と仰せなりと、口癖のように」

「左様であるか。安房の奴、わしを煙たがるばかりと思っておったが、大和魂を広めておるか……」

褒められることで、怒りが鎮まるようだ。博識にもかかわらず、心根は子どもっぽいのかもしれない。

――扱い方次第、ってことになるか。

修理之亮は運ばれて来た夕膳を、自らの手で象山の膝前に置いた。

「時刻がいささか遅いゆえ、お口に合いますものを用意できませんでしたが、お召し上がりねがいます」

よほど空腹だったのだろう。箸を取ると飯碗を取り、塊を口に放り込んだ。

貝の佃煮、飯、味噌汁、目刺し、飯、胡瓜漬、飯……。めまぐるしく手をつけるのはいいが、口へ運ぶたび箸をねぶる仕種は、なんとも美しくなかった。

どのような家に育ったか知らないものの、いっときも休むことなく本を手離さずに食事をしていたのだろう。

「行儀がわるいっ」

そう注意されても、国のため藩主のために勉学に勤しんでおるのですと、意に介すことなく過ごしてきたにちがいない。

勝安芳が義兄ながら御し難しと、嘆いていたのもうなずけた。

きれいに刈り揃えた口髭の周りに、食べた物が付いている。やがて平らげると、湯茶で口をすすいで飲み込んだ。

裏長屋では分からないが、少なくとも商家では赦されない無作法そのものだった。

が、当人は口を拭うと、話のつづきをと言って修理之亮のほうへ膝を乗り出してきた。

「和魂洋才の究極を、そなた分かるか」

「行きつくところ、でございますか」

「うむ。神州日乃本を頂に、万国が平らかになるため、われら男児は異人の女と媾合いたすことぞ」

「異人女と夫婦になり、子をなせと申されますか」

「いかにも。所帯など持つ必要はなく、妾に囲って子づくりを致す。これぞ、神州男児の本懐なりと思わぬか」

「すると、わがほうの女も異人男と」

「馬鹿を申せ。大和撫子を、売り渡しはせぬ」

「…………」

なんとも手前勝手な上、女そのものを道具としてしか見ていないことが知れてきた。

象山はさらにことばをつづけた。

「わしの目の黒い内に是非とも、江戸城大奥に青い目をした異人女を側室に迎え入れたい。公武一和の次は、異国との合一である」

西欧の王室には隣国や他国から姫君を迎え、友好を保つ風習があると言い添えた象山の眼は、鈍い光を放っていた。

「上様への上申は、致しかねます」

「うわっはっは。いずれのことぞ、それまでこの佐久間が諸国に秀でた胤を植えつけておこう」

口を開けて笑った象山の前歯が、二つも欠けているのが見えた。

暴飲暴食し房楊枝など使ったこともないか、世に受け入れられず歯ぎしりをする毎日で欠けたかである。

いずれにせよ公家の岩倉具視とは異なる獣ぶりに、修理之亮は呆れるしかなかった。

「夜も更けて参りました。お泊まりになる仕度をさせましょう」

「いや。駕籠をねがいたい。馬と申したいところだが、江戸市中では憚られる。なにを隠そう、わしは蟄居中の身でな」

「脱藩でございましたか」

「そうでなく藩主との約束で、いっとき出て参っただけ。見て見ぬふりをしてくれる。江戸へ上府致した甲斐があった。和魂洋才を義弟が触れまわり、そなたへは異人との媾合を話せた。近々幽閉も解ける。いずれまた、さらばじゃ」

女中たちに象山の汚れた着物を包ませ、修理之亮は旗本駕籠の人となった象山を見送った。

江戸を出さえすれば、夜中の板橋宿で街道駕籠を拾える。

信州松代城下まで、五十三里それも山道があるゆえ七日はかかるだろう。が、佐久間象山にとって言いたいことを伝えるには、遠いことなど苦もないのだ。

異人女との媾合。こんな途方もない話を、将軍と接することのできる御用取次であり、大奥との折衝をする御広敷役(おひろしきやく)に伝えたのだから、もって瞑(めい)すべしなのかもしれない。

むろん家茂(いえもち)公へ話すつもりはないし、蟄居中の学者が来たこともである。

「効きましたですよ、箒(ほうき)」

女中のおひさとおたきは、客間の入口へ逆さに立てた箒を示し、撃退のまじないにはこれが一番と笑っていた。

二

登城してすぐに、将軍御座所の周りに近侍(きんじ)の者が多いことに気づいた。

すわ一大事かと入ると、先人が修理之亮を横目でちらりと見やってくる。

「大目付、平賀駿河守(ひらがするがのかみ)さまにございます」

小姓が囁(ささや)いた。

旗本の筆頭職であり、二百以上いる大名の監察役だが、滅多に尻尾を出さない大名家ばかりの昨今では、閑職といってよかった。

「上様、お成りにございます」

いつものことながら、どこからともなく声があって、家茂があらわれた。

「両名とも揃いしか」

駿河守と一緒に顔を上げると、こともなげに言い放たれたことばにおどろいた。

「すでに承知とは思うが、京(みやこ)より皇女が降嫁(こうか)いたす。ついては平賀駿河ならびに阿部修理の両名を、出迎え役とす」

「――――」

饗応役なら分からないでもないが、それなら作法に詳しい高家の仕事であろうし、婚礼の準備もほかに適した者がいる。が、命じられたのは、出迎え役だ。

横にいる駿河守は、知らされているのかゆっくりと頭を下げて畏った。抗うものではないので、修理之亮も平伏して応えた。

「出立は十月二十日となる。つつがなき出迎えと江戸までの道案内、よろしく頼みおく」

家茂はそれだけ言うといなくなった。

「阿部どのには、警固頭としても働いてもらうことになろうが、名目は江戸城大奥御広敷役としてとのこと。われらともに生涯一度の大役、心して掛かりましょうぞ」

「はっ。駿河さまの仰せどおりです」

大目付は重要な役をふられ、喜んでいるようだ。しかし、修理之亮には十月二十日に出立というのが分からないでいた。

京都へ出迎えに行くのだろうか。江戸までの道案内と言うのだから、そうなのだ。

御座所で訊ねることはできず、廊下に出た駿河守の金魚の糞となるしかなかった。

「この度のお役目、まことに誉でございます。出迎えるにあたり、一緒に発つことになりましょうが、京ではいつご予定に」

「京を発つのが十月二十日、これに合わせるのだそうな。すなわち、われらも同じ二十日に江戸城を出立するのが吉日とのこと」

「すると、東海道は遠江浜松あたりとなりますか」

「左様。東海道その辺りの本陣となろう」

大目付は妙な機嫌のよさを見せた。

まだ十月には五ヶ月もある。それまでには把握できるだろうと、広敷に入った。

広敷の中之間に、御年寄の瀧山が来ていたのにおどろかされた。

「お待たせ致せしこと、なんとも……」

「上様の命じゃ。修理めは困っておるはずと、仰せであったゆえ」

「お出迎えのことですか」

「いかにも。そなたを加えてほしいと申し出たのは、わらわである。公武一和を快く思わぬ連中に、道中で騒がれては幕府の面目が丸潰れとなりかねぬ。修理なればと、京都の方々もうなずいてくださった」

「わたくしのことを、禁裏朝廷におられる方が存じているはずなど――」

「岩倉と申す侍従が根回しを」

「えっ、獣が。いやその、気高き公卿さまがもう」

「ほほほ。蝮であろう、食いついたなら離れない悪」

「ご存じでしたか」

「京より参る上臈さま方が、決まって名を挙げる名物男が岩倉です。そなたの妻女しまも、蝮の話は聞いていたはず。歯牙に掛からんでよかった」

「左様でございましたか。さて、出迎え役とのことですが、柳営からも奥女中方が幾人か一緒に」

「長旅となれば若い女中となろう。となると旅先の宿で、修理之亮なる旗本に腰を揉めのなんのと――」

「ご冗談がすぎます」

「ふっ。しまが臨月ゆえ、出しどころに窮しておるのではないか」

「だ、出しどころ」

瀧山は口に手をあて、笑いを堪えている。昨夜あらわれた佐久間象山と、まったくの対照を見せる笑いだった。

「申しておくが、女は伴わせぬぞ。和宮親子内親王は、婚約が決まったものの、喜んで降嫁なさってはくださらぬご様子。そこへ、江戸の奥女中が早々にしゃしゃり出ては……」

御城の柳営に馴染んでいただけなくなると、天璋院さま共々考えたと言い添えた。

天璋院篤姫は、先代家定公の正室で、今は剃髪の身ながら柳営の御台所様格として暮らしている。

皇女を迎えるにあたり、奥向は目に見えない混乱をしているにちがいなかった。正室となる公家の娘でも気位が高いというのに、和宮は帝の実妹なのだ。

江戸城はじまって以来のことである。以前のように、京都御台所派と江戸瀧山派などと分ける状況でもなくなっていた。

「となりますなら、東海道での出迎えは大事な一歩となります」

「東海道……。うむ、そうです。そこでつむじを曲げられ引き返されては、老中までもが切腹となりましょう」

「なれば、品のよろしい腕の立つ者をあつめ、出迎えの仕度に掛かります。柳営よりの贈り物とかは、どのような」

「追い追い考えおきますが、下向される日時そのほか、他言無用なりますぞ」

「承知仕り候」

久しぶりの広敷とのことで、瀧山に茶湯の接待を望まれた。

点前をしながら、和宮が「東の代官へ嫁ぐのは厭、尼になるとも関東へは参るまじ」とまで言い張っていた話となった。

「なにゆえ、東男を嫌いますか」

「東夷と申し、夷狄に類する乱暴者と信じておるのです」

「誤解ではありませんか」

「それを解くのも修理の役目。警固にばかり気を取られては、なりませぬぞ」

「瀧山さまは、なんとも難しいことをお命じになられます。深窓にありし姫君、それも御簾の彼方におられる皇女さまへ、関東の漢を見せよとは殺生にすぎましょう」

ようやくいつもの広敷と御年寄になった修理之亮となっていた。

夏五月、もう今夜あたりかと、修理之亮の番町自邸は煌々と灯っていた。

表門はいっぱいに開かれ、葵紋の大名駕籠が玄関内に置かれてあった。乗ってきたのは、幕命で長崎から招聘されたばかりの医師シーボルトの娘で、蘭方医イネ。

臨月の妻女しまに異常があったわけではないが、家茂は外科に一流を見る蘭方の女医なれば、万が一の手助けになろうと送り込んでくれたのだ。ご典医並の出張にも勝ることから、産婦は極度の緊張を強いられ、陣痛が止まっていた。

取り上げ婆は、あわてた。羊水が出てしまい、胎児が危ないという。

「腹を召させましょう」

こともなげに言い放ったのはイネで、手にした薬籠箱から小さな光る物を取り出し、産婦の部屋に入った。

修理之亮はいても立ってもいられなくなり、部屋に入ろうとした。

「男子禁制ですっ」

母るいに一喝されたが、入ろうとした。

「切腹させると、申したのです」

「旗本の妻女として、立派ではありませんか。修理は介錯をなさるつもりですか」

「まさか。異人との合いの子医者の、無謀を止める」

パチンッ。

二千二百石の旗本の頬が、音を立てて鳴った。るいは鬼の形相で、言い放った。

「上様お差し向けの、お医者さまですっ。合いの子だの、無謀とのことばは赦しません」

呆然と立ち竦んだ修理之亮の前で、襖は音を立てて閉められた。そして襖ごしに、母の声が立った。

「しまは嫁女として腹を召し、当家の血を守るのです……」

涙声である。

玄関が騒がしい。まさか象山がと思ったが、ちがった。南町の同心、椎野徳之丞だ。

「いかがしてか、椎野」

「夜分お取り込み中のようで、申しわけない話ながら、エゲレス公邸に不穏な動きありとのこと。わが奉行播磨守、昨年末のヒュースケンの一件もあり、阿部さまへ伝えておけとのことにございます」

「――。エゲレス公邸か」

「ご存じでございましたか」

徳之丞は襷掛けをしている修理之亮を見て、てっきり駈けつける仕度かと思ったのだ。

その威勢をかって、修理之亮は大小と短砲を携え駕籠に乗ってしまった。

「高輪の東禅寺へ、走れ」

揺られながら、修理之亮の心は大いに乱れた。

――また異人が葬られるか。賠償も安くはあるまい。また火でも放たれたなら、江戸中が焼ける。その中で、わが妻女も死ぬ……。

黒船が大砲を江戸に向けて撃ち込むというのではなく、攘夷の輩が無礼というだけで異人を狙うことで、異国は戦さを仕掛けてくるかもしれない。排斥すれば、異人たちが大挙して押し寄せてくると、考えもしない攘夷どもだった。

水戸の老公斉昭が死んだ後、そうした浅はかな考えは失せたと思ったが、そうではないらしい。

ヒュースケン殺害以来、異人を保護せよとの高札が辻番所に貼られた。外国人御用出役という警固方役人も誕生した。

しかし、どちらも効き目はないようだ。

「急げ」

担ぎ手の陸尺に声を掛けた。


品川宿に至る手前、高輪は江戸の外れで大木戸のある高台となっていた。東海道を西から下り、この大木戸を通って江戸になるところは、江戸湾を見渡せる風光明媚な地なのだが、今夜はそれどころではなかった。

鬱蒼と茂る木々の隙間から、動きまわる火が見えたので、修理之亮は駕籠を下りた。

公館となった東禅寺境内は早くも入り乱れ、鍔迫り合いの音がする。が、人声は聞こえてこない。

「攘夷……」

はっきりと耳が捉えたことばは、掠れていた。討たれた者の声だろう。

修理之亮は、壊された表門から入った。

動きまわる火は御用提灯のそれで、白鉢巻をした賊と思われる侍たちを映し出していた。

十人以上はいる。しかし、袴を着けた警固の侍の数は、それを上まわった。

増員が効を奏したのか、公邸内に賊は入っていないようだ。そこに一名、白鉢巻をかなぐり捨てた者が脇玄関から侵入するのを見つけた。

「待てっ」

修理之亮は、その背に声を掛けた。草鞋履きの男は、聞く耳持たずと中へ進んで行く。

男の足が止まる。懐から紙を取り出し、目を落としている。

「用意周到だな、寺の見取り図か」

「おのれっ」

叫んだ男は手にあった太刀で、修理之亮を突いてきた。敏捷だ。難なく躱せたものの、こちらは鯉口さえ切っていなかった。

小柄な男であるが、堂々と青眼に構えた。

「邪魔だてを致すのなれば、斬るっ」

「攘夷と申しておったが、水戸の浪士か」

「いかにも。水戸っぽの心意気を、天下に知らしめねばならぬ」

「昨年末のヒュースケン刺殺で、十分であろう」

「それだ。あの異人通詞を襲ったのは、われら水戸の者ではない。おそらくは、薩摩だ」

「どこであっても、攘夷に変わりはあるまい」

「ある。攘夷を思し召される帝に侍るのは、水戸を第一と決めておる。薩摩なんぞに、先を越されたくはない」

「今宵の狼藉は、それが理由か」

「やかましい」

言うと男は振りかざした太刀を下ろしてきた。

身を沈めた修理之亮は、大きく跳ね上げながら立った。男の太刀は飛び、脇差を抜くしかなくなっていた。

が、向かってこずに、自身の腹に当てた。

峰に持ち替えた修理之亮の剣は、それをも叩き落とした。取り戻させまいと、脇差を踏みつけると、男は脚に噛みついてきた。

バタッ。

男を蹴ると、仰向いて倒れた。

「もう攘夷など言い立てず、異人を黙って受け入れろ。おまえたちの狼藉がつづけば、黒船は大砲を放って参るぞ」

「大和魂は、負けぬ」

「その精神だが、こうして幕府警固の者に勝てぬではないか。いまだ仲間は一人も、邸内に入っておらぬ」

「……。殺せ」

「断わる。大人しく縄につけ」

討ち取っても、攘夷の連中は雨後の筍のごとく出てくるだろう。しかし牢に押し込むことで、後につづく筍どもは考えるにちがいない。

「幕府もいずれ攘夷を通し、異国との条約を破棄するつもりであろう。そのときまで、死罪にはされない……」

あたら若い命を絶つものではなく、子や孫の生きる先々をも考えるのが国是と思う。

――しまの産み遺せし子が、心おきなく暮らせるように。

今ごろは切腹させられた妻女は死に、子だけが取り出されているのだろうか。

それとも二人とも敢えなく……。

警固方の数人が入ってきて、丸腰にされた男は引っ立てられていった。

襲撃は半刻もたたぬ内に、終わりを見た。

エゲレス公使オールコックは無事、代わりに書記と呼ばれる祐筆役と長崎から来ていた領事が負傷したにとどまったものの、幕府警固方二名と襲った水戸浪士三名が死んだという。

「御礼を申し上げたいと、申されておられます」

通弁が、オールコックのことばを訳した。

白くなった髭を生やした恰幅のよいエゲレス公使は、手にしていた短砲を懐に戻して頭を下げた。

松明が投げ込まれていたのだが、火事となる前に消されたことで、大事に至らなかったようだ。

真夜中の江戸市中は、いつにも増して静寂に包まれていた。

急がずともよいと言った駕籠だったが、番町の自邸へ走った。

駕籠の中で覚悟の肚を固めるつもりでいた修理之亮だが、重たい気分のまま辿り着いた。

「おめでとう存じます。殿さま、姫君さまのご誕生にございます」

六助が門の外に出迎えた。

しまの亡骸（なきがら）はとまで訊（き）けず、玄関の式台に上がった。

父と娘の暮らしが始まるのだ。親戚そのほかが後添（のちぞ）いをとうるさいだろうが、しま以上の妻女などいるものかと、独り身を通すことに決めた。

「おぉ帰ったか、修理之亮。娘じゃった」

父の三右衛門（みつえもん）は上機嫌な上、酒をきこしめていた。不謹慎にすぎようが、昔からこんな男だった。

母るいが、修理之亮の足をまたもや止めた。亡骸への死化粧がまだというのか、押し返してきた。

イネという女蘭方医が、その後ろに立っている。狐顔（きつねがお）の三十女だ。

「切腹は、いかがであった」

「これ修理、なんです。その言い草は」

「確かに切腹との言いようを、変えなくてはなりませんね。切開なのですが、ほかになんと申せば」

薄笑いまで浮かべるイネの大胆さに、男勝りの女医者を見せつけられた。

「して、生まれ出た赤子はどこに」

「女中のおひさとおたきが、産湯を」

「赤子は元気なのですか、母上」

「えぇえぇ。出たとたん大きな産声を上げ、邸じゅうに。もう出てくるでしょう」

「おイネさま。薄目を開けましてございますよ」

女医者の助手がやってくると、イネは踵を返した。

るいが修理之亮の袖を引き、おまえも来いと奥へ向かった。

「――。しまっ」

蒼白な顔を歪め、眉を寄せて耐えている妻女しまの姿が目に入り、思わず駈け寄った。

「生きておるのだな」

「お静かにねがいます。麻酔散が強すぎてはと弱く処方致しましたゆえ、傷口の痛みが始まったようです」

「大丈夫なのか」

「あまりの激痛で気を失う方もいらっしゃいますが、麻酔散が効きすぎてしまうより良好と申せます」

「イネどのは、切腹を助けたのか」

あまりに頓珍漢な修理之亮に、居あわせた者たちが笑った。

生まれたばかりの赤子が、女中たちの手で入ってきた。

「奥さま。ちゃんとお生まれになりましたよ、姫さまです」

しっかりと眼を開けたしまは、恐る恐る腕を伸ばし、赤子に触れた。

「痛み止めなど、せぬほうがよいでしょう。三日ばかりの我慢、難なく乗り越える奥方のようです」

分からないながら、修理之亮は蘭方の医術の凄さを知ることになった。すると、喜びとはちがう力が漲（みなぎ）ってくるのを感じた。

「おい。なんでもよい、腹の足しになるものを持ってこいっ」

大声におどろいた赤子が、元気よく泣きだした。

三

ざっと五ヶ月、十月を迎えていた。

娘の名はいま。もう坐（ざ）すことができるまでになっていた。

名付けたのは母るいで、イネのいと、しまのま。るいのいも入っていると上機嫌だ。

あの晩のエゲレス公邸襲撃は、幕府の謝罪に終始した。

見舞金に、またもや一万ドル。幕府警固方のさらなる増員に加え、エゲレス水兵の駐屯を認めることにもなった。

が、襲ったのは水戸浪士と決まったものの、水戸徳川家は知らぬ存ぜぬを通しつづけている。

約束の十月二十日が近づいてきた。

孝明帝(こうめいてい)の妹宮が、禁裏を出立(しゅったつ)する日である。その吉日に合わせ、江戸からも大目付と御側御用取次の修理之亮も出立しなければならない。

二日つづいた雨が、カラリと晴れ上がった初冬の朝だった。

斎戒沐浴(さいかいもくよく)というほどではないが、身を清めた修理之亮は江戸城御座之間で、将軍家茂の見送りを受けた。

改めて見る家茂は和宮と同じ、十六である。

もう幼いとは思わないものの、いまだ御鈴(おすず)廊下を頻繁に往き来してはいなかった。顔を出しても天璋院らに挨拶をするていどで、誰とも褥(しとね)をともにすることは一度もないと聞いていた。

初の夜伽は御両人の婚儀がととのってからで、好みも追い追い分かるにちがいない。

俗な凡夫の修理之亮が気に掛けることではないが、政略という紛れもない正室におどろくほどの美女はいないのだ。

それが帝の実妹となれば、期待することはできまい。

「お気の毒な」

思わず声にしてしまったのは、大手門をすでに出たところである。

ふり返って城を仰ぎ見た。

荘厳にして重厚な、徳川家そのものである江戸城は、とうとう朝廷を迎えるのだ。

東照権現公家康が知ったなら、どう言うだろう。

「京の都に押し込めておけばよいものを、厄介きわまりないことを致しおるとは……」

家康に限るまい。公家諸法度を定めた家光以下の代々も、同様の思いに捉われるにちがいなかった。

しかし、今や切支丹を国教とする異人が、市中の端とはいえ公館をもち、横浜では商人たちが跋扈している。

——御城の甍は、登城した異人をどう眺めているだろう……。

ふしぎな感懐に搦め取られているところに、大目付の平賀駿河守が駕籠に乗ってあらわれた。

「ご苦労にござる。正五ツの太鼓を合図に、出立を致す。京都の禁裏でも、同時刻にご出立とのこと」

「畏まりました」

駿河守には、五名の供侍がいる。この人数で出迎えとはと、首をひねった。

「五ツになると供の者たち全員が、揃いますか」

「いや。これでよい」

素っ気なく言い返すと、駿河守は寒いゆえと駕籠の戸を閉めさせた。よく見れば、駕籠に小ぶりな旅行李が付いているだけである。

もっとも、修理之亮にしても警固頭として供侍のようにふるまえと言われていれば、徒歩の恰好でしかなかった。

宿場ごとに、出迎え役のための仕度はととのっているはず。気にするものではないと、修理之亮は大目付の供侍たちと挨拶を交した。

――気迫がないどころか、弛(ゆる)みきっている。

この出迎えは、天下分け目の大事となるのだ。攘夷の連中は公武が一つとなって、異人の侵略が阻止できなくなってはと、和宮下向にひと泡もふた泡も吹かせようとしているのではないか。

大目付ともあろう者が、皇女出迎えを祝い事ていどにしか考えていない。

修理之亮は出立前から胃をキリキリとさせて、唇をきつく閉じた。

城の時之(ときの)太鼓が五ツを告げ、駿河守の駕籠が持ち上げられた。

なんの緊張もなく、毎日の登城そのままだった。

――そうか、あえて平常を装っているのか。

四半刻(しはんとき)前に別働隊が出立し、われわれの後にまた別の供侍たちが東海道を上るのだ。

二重三重の態勢で、和宮さま下向を出迎えると気づいた。

手抜かりなど、あるはずもなかった。

駕籠はゆっくりと大手門から一橋邸を左に神田橋御門、鎌倉河岸(がし)に出ると、町家を通ってゆく。

百万余の町人は、京都から帝の妹が将軍のもとへ来ることも、それが公武一和という政略であることも知るわけがなかった。

文久元年の十月、冬仕度にはまだ早い。しかし、目に入る商家はどこも奉公人たちが冬物に着替え、客を迎えたり、運ばれた荷を店の中へ入れていた。

――いつもながらの江戸だ。

黒船の砲火に晒されることなく、平穏無事そのもので嬉しかった。

子守っ娘が、店の主人の子であろう赤子を背負い、濠の縁を歩いている。

――うちのいまと同じくらいだろうか。

「修理之亮は親となって、変わった」

誰もがそう言う。自分ではそう思わないが、そうなのかもしれない。

とてつもない速さで、赤子は子どもらしくなっていた。笑う。もちろん、よく泣く。ときどきすり寄ってきた。

子の扱いなど、分からない。襁褓は殿方が触るものではない上、娘ゆえ一緒に膳を囲むことはならぬと言われている。

そうしたものだとは聞かされていたが、一度だけやらせてほしいと言ったことがあった。

「なにをなされたいのです」

「いまへの、餌やりだ」

「餌――」

　呆れてものも言えませんと、女たちに叱られた。もちろん、させてはくれなかった。

　男より下とされる女であっても、矜持は強いようだ。母のるい、妻女のしま、女中のふたり、全員が怒った顔を見せた。

　父の三右衛門が、なにをしたのだと訝しがったが、修理之亮はわけを話さなかった。

　芝の増上寺をすぎ、エゲレス公邸のある高輪あたりで、駿河守の駕籠が下ろされた。まだ中食には早い。還暦になる大目付は小用だろうかと、休みを取ることにした。

「阿部どの。ここら辺りで、よかろう」

「はぁ、小用でございますか」

「それもあるが、江戸の海を一服しつつ眺めていたい」

「お出迎えが、遅れませんですか」

「囮（おとり）であるならば、敵を惑わすのが役目ぞ」

「どういうことですか」

「知らずに出て参ったか、おぬしは」

「――」

騙されたことに、怒る気にはなれない。しかし、幕閣は周到な出迎えをすべく、計画をしていたのだ。

「ただし、おぬしは出迎え本役となっておる。来月になり日時の沙汰（さた）が下されようが、道中は中山道（なかせんどう）となる」

「和宮さまは、中山道をお下りに」

「攘夷である上、公武一和を潰さんと狙う者を遠ざけるには、山がちの街道のほうが守りやすい」

人の多い東海道では、どこに潜んでいるかも見つけづらくなる。日数は掛かっても、とにかく無事に下向させるのが第一と、駿河守は笑った。

高輪沖の江戸湾は、どこまでも広がりを見せていた。

四

十一月十一日、改めて家茂に出立の挨拶をした修理之亮は、若年寄加納遠江守の駕籠を先頭に、馬上の人となった。

今度の総勢は五十名ほどで、同行しないと言っていた大奥からも上臈付きの御坊主と呼ばれる二名の奥女中が従っていた。

その名のとおり髪を切って男物の羽織を着ているが、三十前の女だった。

残念ながら、食指は動きそうにない。大奥の長老たちも考えているのだ。

修理之亮は乗りつけない馬だったが、ゆっくりと進むことで中山道最初の板橋宿を通過する頃には馴れてきた。

馬上にあることが、これほど視界が拡がり、世間を見下ろせるものだったかと、得意になった。

「あれまぁ、二枚目のお侍さまだよぉ。寄っておいきな、ほんの半刻」

二階の手すりから白塗り女の声が掛かり、品川宿と同じ女郎屋だったかと気がついた。

ゆっくりと進んでいることで、馬上にある修理之亮と二階の女が触れあえるほどの近さにあった。

安白粉の匂いが、まとわりついてくる。ほかの女たちも出てきて、ワァキャァ騒ぎはじめた。

なにごとかと、若年寄が駕籠から差し覗いてきた。顔を真っ直に、旗本の面目を保つふりをした。

修理之亮は品川宿の女郎と、比べたかった。

火消連中の話では「品川は明るい、板橋は情が深い」だった。

蕨宿、浦和宿で泊まりと決められた。どこで出会えるか、空模様によるという。

今のところ、京都を発った行列に、不具合はないとの伝令が入っていた。

明日は大宮宿から、上尾宿か桶川宿あたりか。とにかく、ゆっくり進めとの指示がなされていたのである。

御坊主という女もいるからだが、和宮一行が日に三里ばかりなのは、牛車の輿に乗っているからだった。

牛車なるものは絵巻物で目にしただけで、江戸で牛となると厠で汲み入れた桶を大八車で曳く姿しか想いうかばない。

大名行列ほどの一行は、かなりの長さとの報告が熊谷宿に入ったときに伝えられた。

「遠江守さまにうかがいます。大名行列とは、どれほどの長さでございますか」

「わが上総一宮藩は、わずか一万三千石。それも三日ほどで江戸に着ける。台所事情も考慮し、二百名になった憶えはない」

「すると、一丁余の長さで」

「その程度であろうが、百万石の加賀前田どのは二千名余と聞いた」

「二千、ですか」

「もっとも、江戸の手前で渡り奉公の草履取りやらを雇い、法被だけ着せて二千とするらしい。どちらさまも、やりくりには四苦八苦のようだ」

「禁裏も同様なれば、千か千五百名がところでしょうか。ざっと見積っても、半里にはなりませんね」

　修理之亮は牛車を囲んだ隊列と、それを守る水干姿の雑掌、そして京都所司代が差し向けた警固方ならびにお手伝い藩の侍たちの姿を想い描いた。

　遅々として進まない牛車に合わせて、歩調をゆるめる武士はさぞ辛かろうと思った。

とりわけ中山道の山坂は、冬ゆえに寒い。さっさと歩いて宿場で休みたいはずだ。が、下向を喜べない帝の妹御さまが、それを許すとは思えない……。どこぞの宿場で出迎えたとして、修理之亮も歩調を合わせて江戸に向かうことになるだろう。

走れと命じられるよりはと、楽に考えることにした。

行列と出遭ったのは、朝の高崎城下だった。

先駈けと称する奴ふたりが、触れまわりながら街道を下ってきた。

出迎えの遠江守と修理之亮をみとめ、走り寄ってきた。

「内親王さま、今夜までには高崎城下の本陣に入られると思われます」

「左様か。しかし、また陽は昇ったばかり、倉賀野(くらがの)まで足を伸ばせるのではないか」

「高崎まで難しいと、言われております」

「下向を嫌がっておられるのか」

「それはないと存じます。お輿(こし)はまだ、安中(あんなか)宿の辺りのはず」

「安中までは、まだ三里余もある。そなたらは抜けて参ったのか」

「いえ、先頭はあれに」

　指し示したところ、そこには厳重に身を固めた鉄砲隊が二列に五十名ばかり、その後ろに荷を積んだ馬が数えきれないほど連らなっていた。

「そなたに訊く、お行列は幾人」

「七千とも、八千とも聞いております。荷馬だけで三百匹以上、十二藩より助っ人の藩士は五千余。数えたわけはございませんが、飯碗が八千と百ばかりあると……」

　加賀百万石の四倍である。若年寄はどこで出迎えの挨拶をしたものかと、修理之亮に訊いた。

「おそらく公卿が、輿の少し前を進んでいると思います。その方が来るのを、待つのがよろしいでしょう」

「聞いておるお方は、中山権大納言忠能さま。そのお方を、本陣にて待とう」

　もう今朝から、中山道は人っ子ひとり通らない街道となっていた。一丁ごとに、近在の藩士数名が警固に付き、脇道からの出入りを止めていた。

　人のいない街道は、はじめてだった。が、今日は大行列がゆっくりと、陣笠の侍ばかりが引きも切らずに通りすぎてゆく。

江戸でも日枝(ひえ)神社の行列が壮麗さを見せるが、比べものにならない本物の華美を見せつけてきた。

次々と目の前を通りすぎる顔は人形のように無表情で、眺めているのが嫌になった。

修理之亮は遠江守へ、供侍を立たせ本陣にて待ちましょうと提案をした。

その夕刻、一台の牛車と馬が本陣の玄関口に到着するとの報(しら)せを受け、修理之亮は出向いた。

頭を下げたまま、待った。

牛の汗が匂い、牛車が止まる。

「お出迎え、礼を申すぞ」

修理之亮は中山権大納言の沓(くつ)を見て、顔を上げずに答えた。

「御側御用取次兼御広敷役阿部修理之亮、親子内親王さま御出迎え役を賜わりまかり越しましてございます」

「おぉ、阿部修理か」

蛮声が馬上から降り注がれて見上げると、獣公卿(けだものくぎょう)岩倉具視が歯を剝(む)いて笑っていた。

コスミック・時代文庫

御広敷役 修理之亮
将軍の片腕

2024年9月25日　初版発行

【著 者】
早瀬詠一郎

【発行者】
佐藤広野

【発 行】
株式会社コスミック出版
〒154-0002 東京都世田谷区下馬 6-15-4
代表　TEL.03(5432)7081
営業　TEL.03(5432)7084
FAX.03(5432)7088
編集　TEL.03(5432)7086
FAX.03(5432)7090

【ホームページ】
https://www.cosmicpub.com/

【振替口座】
00110-8-611382

【印刷／製本】
中央精版印刷株式会社

ISBN978-4-7747-6593-8 C0193